不義

刃鉄《はがね》の人

辻堂 魁

角川文庫
20109

目次

序　四十七人の侍

一

その赤穂《あこう》浪人たちが吉良《きら》邸目指して出撃したのは、元禄《げんろく》十五（一七〇二）年十二月十五日未明の寅《とら》の上刻（午前三時頃）であった。

目指す吉良邸は、本所一ツ目相生町《ほんじょひとつめあいおいちょう》二丁目の北にある。

夜半よりの雪は降り止んで、竪川《たてかわ》沿いにつらなる町家の屋根屋根や土手の並木、河岸場に舫《もや》う船や往来に積もった雪が、未明の町を白く覆っていた。

赤穂浪人たちは、前夜の十四日、申し合わせてあった本所二ツ目林町《はやしちょう》五丁目の堀部安兵衛《ほりべやすべえ》借宅と、同じく三ツ目徳右衛門町《とくえもんちょう》一丁目の杉野十平次《すぎのじゅうへいじ》借宅に集まって、身支度を調えた。

首領の大石内蔵助《おおいしくらのすけ》の訓令どおり、みな黒の小袖《こそで》か黒い上着をつけた。

下は肌着に袖なしの鎖帷子《くさりかたびら》を着こみ、帯は右わき結び。腕に黒の籠手《こて》。袴《はかま》は裁着《たつつけ》袴か脚絆《きゃはん》で絞り、紺足袋《たび》を穿《は》き、履物は陣草鞋《じんわらじ》。

これは、屋内の遭遇戦に備えた機動性に富んだ軍装である。

ただ、かぶり物は黒革の兜《かぶと》形の頭巾《ずきん》や鎖を入れた鉢巻など、一様ではなく、襷《たすき》は真田《さなだ》紐《ひも》や緋《ひ》縮緬《ちりめん》の鮮やかな染色、下着は浅黄《あさぎ》羽二重《はぶたえ》の綿入れという元禄武士らしい華美な装いなど、それぞれ趣向をこらしていた。

両袖をさらしで小袖の上へ縫いつけ、右袖のさらしに自分の姓名を書きつけた。

武器道具は各々の得意に応じて携え、鎗《やり》や半弓、掛矢《かけや》、竹梯子《たけばしご》、大鋸《おおが》、鉄梃《かなてこ》、鉄《てつ》鎚《つい》、取鉤《とりかぎ》、松明《たいまつ》、数十個の鎹《かすがい》などを畚《もっこ》に入れてかつぐ者もいた。

総勢四十七人。のちに赤穂浪士と呼ばれる一団の先頭をゆく大石内蔵助は、十文字鎗を携え、同じく十文字鎗を携えたこのとき十五歳の倅《せがれ》・大石主税《ちから》が、隣りに並んでいた。

二人に続く赤穂浪人たちはみな、白い息を吐きながら往来の雪を踏み締め、未《いま》だ目覚めぬ本所の町を粛々と進んでいった。

林町一丁目から二ツ目橋を渡って、竪川北側の相生町二丁目と三丁目の境を抜けると、吉良邸の高い土塀わきに出る。

そこで、かねての手はずどおり東側表門組と西側裏門組の二手に分かれた。

表門は大石内蔵助を大将に二十三人。裏門は大将の大石主税に吉田忠左衛門《よしだちゅうざえもん》が補佐役の二十四人。表門の東は往来を隔てて牧野長門守《まきのながとのかみ》屋敷、裏門の西はこれも往来を隔てて松坂町《まつざかちょう》一丁目、北側は土塀を隔てて、本多孫太郎《ほんだまごたろう》屋敷と土屋主税《つちやちから》屋敷である。

表門組は、表長屋門前へ廻《まわ》ると即座に竹梯子を塀の外と長屋の内側にかけ、屋根を乗り越え次々と邸内に乗りこんだ。

一番乗りは、間十次郎《はざまじゅうじろう》と大高源五《おおたかげんご》が果たした。

二人は、途中の町家の火の用心のために軒にかけていた梯子を借用し、真っ先に塀を越えて邸内へ飛びおりたのである。

このとき、表門番所の門番三人が気づき、走り出てきた。だが、門番のひとりが長屋の廏《うまや》の庇下《ひきし》で間十次郎の十文字鎗にたちまち突き伏せられ、絶命した。

赤穂浪人四十七人の吉良邸討ち入りで最初に討ちとられたのが、この表門番の半右衛門であった。ただし、半右衛門は侍ではない。中間《ちゅうげん》以下の下番である。

門番らが赤穂浪人らの討ち入りと気づいていたかどうか、不明である。

あとの二人は野太刀の大高源五が薙《な》ぎ倒し、続いて乗りこんできた表組に縛りつけられた。大高源五は、侍ではない門番を斬らなかった。

二十五歳の若い間十次郎は、一番乗りで血気にはやっていた。

赤穂浪人側では、原惣右衛門《はらそうえもん》が足をすべらせて屋根から落ち捻挫《ねんざ》したものの、二十三人全員が速やかに邸内に乗りこんだ。

大将の大石内蔵助の左右に、原惣右衛門、間瀬久太夫《ませきゅうだゆう》、村松喜兵衛《むらまつきへえ》、堀部弥兵衛《やへえ》の五十代、六十代、七十代の高齢の四人が立ち並び、五人ともに十文字鎗と直鎗《すぐやり》、鍵鎗《かぎやり》を手にして表門を固めた。

暁闇《ぎょうあん》のこの時点で、屋根に雪をかぶった本家のほうからも長屋のほうからも、物音や人の声は聞こえてこなかった。まだ討ち入りに気づいていないらしく、邸内は眠りについていた。

大石の指図で、合図の鉦《かね》が打ち鳴らされた。

屋敷内斬りこみ隊の九人と、側面よりの敵を駆除し玄関を固める六人は、後ろも見ずに積もった雪を蹴散《けち》らし本家表玄関へ突撃を開始した。

残りの三人は側面を固め、東側長屋七軒の家臣らを閉じこめるため、鎹を打ちつけ戸口の封鎖にかかる。

「浅野内匠頭《あさのたくみのかみ》家来ども、上野介《こうずけのすけ》どの御首《みしるし》を申し受け、亡主の鬱憤《うっぷん》を散ぜんがために推参いたしたり」

斬りこみ隊が表玄関前で高らかに口上を響かせ、続いて、

「三十人組進め進め」

「五十人組進め」

と号令がかった途端、表玄関の戸が掛矢で打ち破られた。

わあっ、と斬りこみ隊が式台から広間へ走りあがった。

むろん、屋敷内の当夜宿直《とのい》の番士は赤穂浪人の討ち入りに気づいた。

武者溜《むしゃだま》りの当番の番士と吉良家当主・左兵衛義周近習《さひょうえよしちかきんじゅう》ら五人が、玄関広間へ走り出てきた。

真っ先に広間に向かった左兵衛義周近習の新貝弥七郎は、玄関外へ走り出たところを、背後の玄関固めの組に鎗の穂先が腹から出るほど深々と貫かれ、さらに前と横から太腿《ふともも》や腕を割られてくずれ落ちた。

新貝は、赤穂浪人と一合も交わさぬまま、玄関前の雪を鮮血に染めた。

新貝に続いて、左兵衛中小姓《ちゅうごしょう》の斎藤清左衛門が、玄関式台に飛びおり、赤穂浪人を迎え撃ったが、斎藤も三人がかり四人がかりの斬撃《ざんげき》を浴び、玄関式台の一角であえなく倒された。

式台上の広間では番士三人が斬りこみ隊を相手に、火花を散らし始めた。

刀だけの番士らは、前後左右より攻めかかられ、自由な動きのとれないところへ鑓を突き入れられた。

怯《ひる》んだ番士に、斬りこみ隊は数太刀を浴びせた。

番士らは、ひとり、二人、三人、と嬲《なぶ》り殺しに遭うように斬り倒された。

中小姓の左右田源八と料理番の小塩源五郎が即死。あとのひとり、斎藤十郎兵衛も鎗疵《やりきず》と三ヵ所に斬り疵を負い、倒れ伏して動けなくなった。

ただし、斎藤は重傷を負ったものの、一命をとり留めた。

玄関と広間での激闘は、ほんのわずかの間だった。

番士らを一掃した斬りこみ隊は、広間に備えてある弓の弦をきり、鎗の間の鎗十四本をきり折って、瞬時もおかず邸内奥へ突進した。

ところが、暗い廊下を突き進む斬りこみ隊を阻む抵抗は殆《ほとん》どなかった。

抵抗はあった。だが、多数の番士が一団となって決死の覚悟で迎え撃つのではなく、廊下や次の間、書院、武者溜り、台所へと後退し、斬りこみ隊に追いつめられ、あちらでひとり、こちらでもひとり、と仕留められていくあり様だった。

武者溜りにいた取次の須藤与一右衛門と用人の鳥居利右衛門は、斬りこみ隊の突入に慌てて逃げ出した。

須藤与一右衛門はすぐに追いつかれ、暗い中で懸命に刀をふるって斬りこみ隊の攻撃を防ぎつつ、表側の台所の間へ逃げた。そこでも茶簞笥《ちゃだんす》や棚を倒してしばし荒れ狂い、台所からさらに料理の間、南書院次の間まで逃げたところで疵を受け、俯《うつぶ》せた上から止《とど》めを刺された。

鳥居利右衛門は、六十歳の高齢ながら覚悟を決めて打ち合い、左兵衛義周の居室そばの武者溜りから板戸を蹴破って、庭へ飛びおり戦った。しかし、打ち合い虚《むな》しく首筋を大きく割られ、血飛沫《ちしぶき》を噴いて絶命した。

南書院側の武者溜りと南書院、次の間、台所、物置、廁《かわや》まで隈《くま》なく一掃しつつ、斬りこみ隊は吉良左兵衛義周の寝所へ殺到した。

上野介の孫である左兵衛義周はこのとき十八歳。吉良家の当主である。

義周中小姓の宮古新兵衛と祐筆《ゆうひつ》の笠原長右衛門が当夜の泊り番で、義周のそばについて戦った。義周自身も、長刀をふるって奮戦した。

笠原は義周寝所へ走りこもうとして、次の間で脾腹《ひばら》へ鎗を受け、苦悶《くもん》して歪《ゆが》んだ体勢に袈裟懸《けさがけ》を浴びて横転した。これもほぼ即死だった。

宮古も同じく三ヵ所に疵を負いながら義周の寝所へ飛びこんだが、義周はすでに倒れており、宮古はそこで力つき進退の自由を失った。

宮古新兵衛は検分後に亡くなったため、討ちとられた者の数に入らなかった。

斬りこみ隊は、疵ついて抵抗できなくなった者には止めを刺さなかった。打ち捨てて、ひたすら上野介寝所を目指した。

義周の居室の西へ縁廊下と濡《ぬ》れ縁がのび、そこから吉良邸の奥になっている。隠居の上野介の居室と寝所も、そちらの奥にあるはずである。

斬りこみ隊は奥へ通じる暗い縁廊下で、裏門組の斬りこみ隊と鉢合わせた。

裏門組は、たまたま奥勤めの女たちと逃げ惑っていた蠟燭《ろうそく》や菓子を扱う小者を捕まえ、蠟燭と菓子を出させていた。

火を灯《とも》した蠟燭をかざし、血糊《ちのり》のついた野太刀を手にした堀部安兵衛が、菓子を頰張りつつ、鉢合わせた表門組の斬りこみ隊に頷《うなず》きかけてきた。

「上野介はいたか」

表門組斬りこみ隊の片岡源五右衛門《かたおかげんごえもん》が堀部安兵衛に質《ただ》した。

「いない。そちらは」

「こちらにもいない。捜せ」

一同はもう一度、邸内を捜し廻った。

じつはこのとき、吉良側の抵抗はほぼ終っていた。四半刻《しはんとき》（約三十分）もかからず、主な戦闘は収束し、赤穂浪人らの歩き廻る気配と、とき折り投げ合う短い言葉や、散発する儚《はかな》い抵抗以外、吉良邸はほぼ静寂に包まれていた。

二

西側裏門組は、東側表門組の打ち鳴らす鉦の音を合図に、裏門を掛矢で打ち壊して、大将の大石主税、補佐役の吉田忠左衛門ら二十四人が、

「火事だ、火事だ」

と、叫びながら吉良邸に乱入した。

大石主税、吉田忠左衛門、間喜兵衛《はざまきへえ》、小野寺十内《おのでらじゅうない》、潮田又之丞《うしおだまたのじょう》が十文字鎗や鍵鎗を手にして裏門を固め、不破数右衛門《ふわかずえもん》ら九人は南側長屋の防ぎ、堀部安兵衛ら十人が小玄関より屋敷内へ斬りこんだ。

邸内裏門に近い北側長屋の五軒から、非番の五人の足軽らが、裏門が叩《たた》き割られるすさまじい音と「火事だ」の声に外へ飛び出してきた。五人は、赤穂浪人らが乱入するのを見てたちまち怖気《おじけ》づき、途端に長屋へ逃げこんだ。

こちらは吉田忠左衛門らが鎹を戸口に打ちつけ、家臣らが出てこられないように

して監視牽制《けんせい》した。

長屋防ぎの九人は、木村岡右衛門《きむらおかえもん》を中心に、小屋数七軒の西側長屋、小屋数二十八軒の南側長屋から飛び出してきた家臣らへ半弓の矢を射かけ、雄叫《おたけ》びをあげて攻めかかり、鎗を突き入れ、刀を浴びせ、次々と打ち倒していった。

吉良側の家臣らは、長屋の戸口を出た途端に襲われたため、交戦らしい交戦をする間もなく討たれた。中には、本当の火事と思ったため、得物を持たず、赤穂浪人らの討ち入りと気づき、慌てて逃げ戻る者もいた。

内庭の高い土塀に囲まれた本家の上野介を救うためには、東西にある内塀の半戸口をくぐって庭先より駆けあがるか、表玄関か裏の小玄関から突入するしかない。先に出た者が、二人がかり三人がかりで手もなく討たれて倒されたのを見て、あとに続く者はいなかった。軽傷の者らは長屋の小屋に逃げ戻り、赤穂浪人らが引きあげるまで、もう誰も出てこなかった。

内本家の内塀と長屋の板塀の間の、白い雪に覆われた往来のそこかしこに、吉良側の六体の死傷者が転がっていた。

疵を負い呻吟《しんぎん》する声が、あっけなく戦闘が終って静まった南側往来に、かすかな読経のように流れていた。長屋防ぎの九人は、西から東へ、そして東から西へと往来を戻り、長屋の家臣らを牽制した。

南側往来で絶命した者は、義周近習の祐筆・杉松三左衛門と坊主の牧野春斎の二人であった。

二人を倒したのは、鍵鎗を得物にした不破数右衛門である。

不破は狂暴な気性で、江戸で辻斬《つじぎ》りを働いていた、という噂があったほどの男だった。その気性ゆえ、江戸詰めを解かれ、赤穂へ帰された。それでも不埒《ふらち》なふる舞いが止まぬため、主君内匠頭の機嫌を損じて浪人になった。

浅野家断絶後、討ち入りに加わりたいと願い出た不破が加わることを許されたのは、内匠頭の一周忌である。この不破と堀部安兵衛だけが、討ち入りした赤穂浪人の中で人を斬った覚えがあった。

長屋防ぎの九人が長屋から出てきた家臣らを一掃し、誰も出てこなくなると、不破は鎗を刀に替え、小玄関から裏門組の屋内斬りこみ隊の支援に廻った。

裏門組斬りこみ隊は、野太刀をふるう堀部安兵衛が先頭に立ち、小玄関の板戸を叩き破って突入した。

裏門組の斬りこみ隊を迎え撃ったのは、坊主の鈴木正竹と、台所役の中間二人だった。

堀部安兵衛は小玄関式台上の寄付《よりつき》に躍りあがり、鈴木正竹の一撃を躱《かわ》して胴を払い、かえす刀で肩口から撫《な》で斬りにした。悲鳴と血飛沫が噴きあがった。

鈴木正竹は寄付で落命した。

二人の中間は、堀部安兵衛に続く斬りこみ隊がとり囲み、斬撃を四方から浴びせかけた。台所働きの中間ながら、二人は暴れ廻って必死の抵抗を試みたものの、深手を負い、小玄関式台前の雪の上に鮮血にまみれて倒れ、息絶えた。

寄付の東側が次の間で、北側が奥向きの用を務める台所の間である。

裏門組斬りこみ隊と吉良側のもっとも激しく戦った場所が、この次の間と奥向きの台所の間である。台所の間は、勝手の広い土間が鉤形に囲っている。

上野介用人の清水一学と同じく用人の大須賀治部右衛門が台所の間で、宿直の当番で武者溜りにいた榊原平右衛門ら数名が次の間で、斬りこみ隊を迎え撃った。

斬りこみ隊は、東と北の二方向から迎え撃たれる恰好《かっこう》になった。

中でも、清水一学は上野介家臣の中で屈指の達人と、江戸市中にも知れわたっていた腕利きである。長身痩軀《そうく》の四十歳だった。

堀部安兵衛は清水一学と、台所の間で真正面から激突した。

二人は雄叫びを発して打ち合い、火花を散らした。数合を縦横に交わしたあと、互いの身体を入れ替えつつふりかえった途端、袈裟懸が相討ちになった。

両者の喚声と刃《やいば》が交錯し、一瞬、二人の動きは静止した。

「安兵衛っ」

同い年の斬りこみ隊・倉橋伝助《くらはしでんすけ》が、驚いて叫んだ。

だが、鎖帷子を着こんだ堀部安兵衛は、かすり疵だった。

一方の清水一学は、堀部安兵衛の野太刀を肩から胸へざっくりと受けた。後退《あとずさ》りをして台所の一角の壁に背中を激しく打ちつけた。

壁に凭《もた》れかかって身体を支えた清水一学は、震える手で持ちあげた刀を、かろうじて正眼《せいがん》にかまえた。と、あふれ出る血が見る見る足下にしたたった。

「堀部、安兵衛……」

と、言ったように堀部安兵衛には聞こえたが、定かではなかった。

ただ、名も知らぬこの侍が、間違いなく腕利きであることだけは確かだった。

堀部安兵衛は、清水一学の正眼を軽く払いのけ、止めの突きを入れた。優れた剣術使いへの、武士の情けである。

大須賀治部右衛門は、磯貝十郎左衛門の鍵鎗と大石瀬左衛門の十文字鎗に突き入れられ、勝手の土間に転げ落ち、瀕死《ひんし》の状態で身体を震わせ、ほどなく息絶えた。

次の間で戦っていた榊原平右衛門は、深手を負って台所の間まで狂い廻り、最後は周囲から数ヵ所を斬りつけられ、力つきた。

台所の間で清水一学、大須賀治部右衛門、榊原平右衛門の三人が討ちとられた。

裏門組の斬りこみ隊は、戦意を失ったほかの負傷者を捨てて表側へ縁廊下を進むと、奥女中や小者らが悲鳴や喚声をあげて逃げまどった。

その中のひとりから上野介の寝所を訊《き》き質し、寝所と思われる部屋へ乱入した。

斬りこみ隊の中には、不破数右衛門ら長屋防ぎの何人かがまじっていた。

寝所には夜具が残されているだけで、上野介の姿はなかった。

すかさず、不破とともに斬りこみ隊に廻った茅野和助《かやのわすけ》が、夜具の中に手を入れ、まだ温《ぬく》もりが残っていることを確かめた。

「まだ暖かい。ここを出たばかりだ。近くにいるぞ……」

即座に斬りこみ隊は、「上野介を捜せ」と散った。

このとき茅野和助は上野介の寝所にあった硯箱《すずばこ》の墨を摺《す》り、《浅野内匠頭家来、大石内蔵助始若者共四十七人、此所迄押込候処、上野介殿此所ニ不被成御座候》と部屋の壁に書きつけた。

万が一、上野介を討ちもらした場合の、のちの証拠にするつもりだった。

表門組と裏門組の斬りこみ隊が、床下から天井裏まで屋敷内を隈《くま》なく捜し廻っているころより少し前、表門向かいの牧野長門守、北側の本多孫太郎、並びに土屋主税の屋敷では火事騒ぎと思い、家臣らが駆け出してきた。

ところが、火の手は見えず浅野家家来の討ち入りらしいと知れて、高提灯《たかぢょうちん》を灯し屋敷境へつめかけた。

さらに、屋根へ人数《にんずう》が出てきて吉良邸内の様子をうかがった。

喧嘩《けんか》であれ火事であれ、武家が隣りで起こっている事態を見て見ぬふりをするふる舞いは、不届き千万である。事と次第によっては、邸内へ助勢に入る場合もあり得た。むろん、討ち入りの狼藉《ろうぜき》を受けた吉良側の助勢である。

ただ、表門を閉じている限り、それは建前上できなかった。

赤穂浪人たちが表門を閉じて戦ったのは、そのためでもある。

裏門組の小野寺十内と表門組の片岡源五右衛門が他家の家臣らの参集に気づき、北側の土塀ぎわに駆け寄って、声高に断わりを言い放った。

「われら浅野家家来ども、亡主の敵討《かたきう》ちにて候。武士は相身互い。何とぞおかまいくだされるな。どうしてもおかまいになられると申されるのであれば、そこもとさまへ狼藉におよびいたし候」

その断わりに応じたかのように、本多家と土屋家の高提灯の数が増えた。

二人は両家に礼を述べ、持ち場へ去った。

吉良家家老の小林平八郎は、当夜は非番で長屋にいた。

赤穂浪人らの討ち入りに気づいたが、長屋防ぎの浪人らに南側長屋の往来を押さえられ、出るに出られぬあり様だった。

長屋にいた家臣らが戸口を出た途端に斬り倒され、家臣らはみな怖気づいて長屋に押しこめられた。あとに続く者はおらず、長屋は静まりかえっていた。

上杉《うえすぎ》家より遣わされた上野介の付人であり吉良家家老の小林は、ほかの家臣らと同じようにこのまま引っこんでいては面目が施せなかった。

監視の浪人らが手薄になった隙に、小林は長屋小屋より走り出た。

内塀の半戸口をくぐって南書院の濡れ縁先にきたとき、表玄関固めの近松勘六《ちかまつかんろく》らに三人にとり囲まれた。不意を突かれ、刀を抜く間もなくとり押さえられた。近松勘六らが上野介の居どころに案内せよと言うと、

「それがしは下々の者にて、存じ申さず」

と、こたえた。

小林平八郎は吉良家百五十石の家老で、高価な羽二重の衣類であった。

「下々が絹の衣類なるものか」

ひとりが喚《わめ》いた。

小林は刀を抜きかけたところを、すかさず討ちとられたのだった。

義周近習の山吉新八は、長屋の塀を乗り越え、半戸口を蹴はずして南書院の庭へ飛びこむと、小林を倒したあとの近松勘六ら三人と遭遇することになった。

ここまできて、逃げるわけにはいかなかった。

山吉は三人を相手に暴れ廻った。数合斬り結んだ末に、偶然、近松勘六の太腿に刀を突きたてた。近松は堪《たま》らず氷の薄く張った庭内の池に転落した。

だが、山吉自身も背後より鎗を突き入れられ、傍らのひとりには鬢《びん》先から口のわきまできり裂かれて倒れ伏した。

赤穂浪人は、倒れた山吉に止めを刺さなかった。池に落ちた近松を助けあげ、屋敷の中に消えた。

赤穂浪人らが去ってから、山吉は刀にすがって起きあがった。南書院の濡れ縁先の雪の上に、家老の小林平八郎の骸《むくろ》が、置石のように横たわっていた。

濡れ縁にあがり、義周の寝間へいった。

義周の寝間には、次の間に近習の笠原長右衛門が倒れているばかりで、義周の姿はなかった。

縁側伝いに奥の上野介の寝間を目指したところで、新たな赤穂浪人二人と出くわし、縁側で斬り合いになった。手負いの身では赤穂浪人らに歯がたたず、縁側わきの次の間に倒れこんだ。もはやこれまで、と覚悟を決めた。

だが、ここでも赤穂浪人らは血だらけの山吉に止めを刺さずに立ち去った。

山吉新八は一命をとり留めた。

吉良邸討ち入りの四十七人のうちの四十六人が切腹した元禄十六年二月四日、吉良左兵衛義周が信濃高島《しなのたかしま》藩にお預けとなった。義周の供を許されたのは、家老の左右田孫兵衛と、この山吉新八の二名のみだった。

十八歳の吉良家当主・左兵衛義周は、斬りこみ隊相手に長刀をふるって奮戦した。しかし、奮戦虚しく額を割られ背中から腰に達するまでの深手を負った。一度気を失い、気がついてから上野介の寝間までいったところ、そのときはもう上野介は討ちとられたあとだった。

吉良上野介義央《よしなか》は、明け方近く、あたりがかすかに白み始めたころに見つかった。裏門組の斬りこみ隊がもっとも激しく戦った奥向き台所の裏に、物置らしき小部屋があった。炭のほかに茶道具などが仕舞われた物置で、まだ見残していた。

戸を開けると、薪《まき》や炭、茶碗《ちゃわん》などが礫《つぶて》のように投げつけられ、続いて、ひとり、二人と物置から喚声をあげて打って出てきた。

堀部安兵衛らが二人を打ち倒したところ、暗い中にもうひとつ人影が見えた。

暗がりながら、四方髪に模様のない絹の白小袖の人影を認めた。

「とても退《の》かさぬ今宵《こよい》なり。尋常に斬って出て勝負あれ」

表門組斬りこみ隊の武林唯七《たけばやしただしち》が声高に発し、十文字鎗を人影に向けた。

人影が小脇差《こわきざし》を抜いて向かってきた。

「さてこそ、こちらに御座《おわ》したか」

と、武林唯七は十文字鎗でひと突きに貫き、人影はたちまちくずれ落ちた。

間十次郎が駆け入り、止めを刺した。

松明で照らすと、人影の額の疵跡はわからなかったが、背中に疵跡が認められた。

捕えていた吉良方の足軽を連れてきて、亡骸《なきがら》を見せて問い質し、上野介と明らかになった。

間十次郎が上野介の首を刎《は》ねてかざすと、歓喜の声が沸きあがった。

上野介は、武林唯七の十文字鎗のひと突きでほぼ即死の状態にあった。

しかしながら、止めを刺し、首をとった間十次郎が一番手柄となった。上野介の首は、上野介自身の白小袖の袖にくるみ、鎗の柄にくくりつけた。また亡骸は夜着布団に丁重に安置した。

それぞれが合図の笛を吹き鳴らして、一同が集められた。玄関前で人数を確かめたところ、原惣右衛門が捻挫し、近松勘六が太腿に疵を負った以外、ほかはみなかすり疵で、討たれた者はいなかった。

首領の大石内蔵助は集まった一同を見廻し、内心、驚いていた。吉良邸討ち入りがこれほど首尾よく運ぶと、考えていなかったからである。大石自身、討ち死にを覚悟していた。

唯一、吉田忠左衛門に仕え、主人の忠左衛門と倅の沢《さわ》右衛門《えもん》親子に従って討ち入りに加わった吉田家足軽の寺坂吉《てらさかきち》右衛門《えもん》が姿を消し、このとき赤穂浪人は、討ち入り前の四十七人から四十六人になっていた。

寺坂吉右衛門が、いつ、なぜ、姿を消したのか、主人の忠左衛門ですら知らないと言った。吉田忠左衛門はただ、「あの不忠者」と言うのみであった。

一方、吉良側は十七人が命を落とした。中に門番ひとりと中間が二人、士分ではない者が含まれている。負傷者は十九人。四人が重傷である。

十五日未明、吉良邸には足軽を入れて、准士以上が百人以上はいた。にもかかわらず、実際に赤穂浪人と戦ったのは四十人に足りなかった。多くの家臣らが長屋に閉じこもり、主が討たれるのを見守っていたことになる。

吉良邸から逃げ出した者も、十二人ほどいた。

討ちとられた十七人のうちの十一人と四人の重傷者は、宿直の者たちである。

引きあげの銅鑼《どら》が鳴らされ、赤穂浪人らが吉良邸を出て、しばしの休息のために回向院《えこういん》へ向かったのは、空の白む寅の下刻（午前五時頃）であった。

すなわち、元禄十五年十二月十五日未明に起こった四十七人の侍による吉良邸討ち入り事件は、一刻（約二時間）ほどで決着がついたのである。

第一章　赤穂浪人の妻

一

刀鍛冶《かじ》は、昔から概《おおむ》ね、貧乏と決まっている。

徳川家康《とくがわいえやす》に召し抱えられた《お抱え鍛冶》の康継《やすつぐ》は、幕府お抱えの刀工にもかかわらず、わずかに五十人扶持《ぶち》だった。

摂津国《せっつのくに》の井上真改《いのうえしんかい》は、《大坂正宗《おおさかまさむね》》と称される名工で、その井上真改とともに、《大坂新刀》の双璧《そうへき》と並び称された津《つ》田越前守助廣《だえちぜんのかみすけひろ》は、大坂城代の青山因幡守宗俊《あおやまいなばのかみむねとし》に召し抱えられたときの禄《ろく》は十人扶持である。

肥前国《ひぜんのくに》の刀工の初代・忠吉《ただよし》は、二代目近江大掾忠廣《おうみのだいじょうただひろ》となって鍋島《なべしま》家に仕えたが、これも十石五斗ほどの微禄だった。

主家の御用以外に刀を作ることの許されない《お止め鍛冶》と言われる名工もい

たが、お抱え鍛冶の禄高は、十三石五斗ぐらいが標準であった。

お抱え鍛冶であっても、多くは扶持や禄だけで刀鍛冶の暮らしを支えていくのはむずかしかった。よって、町家の独立採算の自由鍛冶のように、数打物《かずうちもの》を作らねばならなかった。

刀は、粘り気のある強い心鉄《しんがね》を、刀身の艶《つや》やかな光沢を放つ肌と斬れ具合を左右する皮鉄《かわがね》で包みこみ、《造りこみ》という鍛え着せをして仕あげていく。

殊に、皮鉄は下鍛えと上鍛えの折りかえし鍛錬で、殆《ほと》ど混じり気のない純粋な刃鉄《はがね》にまで近づけていく。材料の鉄は、鍛錬を繰りかえすことで、初めの一割ほどにまで減ってしまう。皮鉄の鍛錬には、心鉄の鍛錬の三倍以上、刃鉄を沸かす炭も、人手も、そしてときもかかった。

数打物とは、時間と材料の炭と手間のかかる皮鉄を薄くして、安価な刀を仕あげ、本数を稼ぐのである。一本の値は安価な鈍刀ながら、卸す数を増やしてまとまった代金が得られた。

数打物を作らなければ鍛冶場が成りたたなかった。

弟子を抱えることもできないし、のみならず、刀鍛冶は《冷暖自知》と言われ、刀を作らなければ腕は上達しなかった。刀工自身の腕も、稽古《けいこ》打ちをしなければ鈍った。ゆえに、数打物は稽古刀とも言う。

貧乏な刀鍛冶は、弟子の稽古刀を持ってこさせ、

「おれの銘を入れてやる。売れば金になる。それを給金の代わりにせよ」

ということもやった。

ただし、稼ぐための数打物には、刀鍛冶の銘は入れなかった。

名もなき数打物を何十本か仕あげて質屋へ持ってゆくと、質屋はまとめて幾らで安く買いとり、それを問屋に卸した。

問屋はそれらを二駄三駄と馬に載せ、自分の店へ荷送すると、数打物の中でも出来栄えによって選《よ》り分け、作風の似た刀工の銘を勝手に入れ、大坂や江戸へ送って売りさばくのである。

近ごろの数打物の問屋からの出荷時の代金は、大刀一本あたり一分三朱ほどである。一両の半分の二分にもならない。

しかも、それらの刀は《御刀脇差《わきざし》 拵所《こしらえどころ》 誰々》というような《御刀》屋にはあまり出廻《でまわ》らない。数打物は、立売りが買いとり、大道に並べてせり売りをした。

江戸の京橋界隈《きょうばしかいわい》には、道端に莫蓙《ござ》を敷いて刀を並べて売る立売りが多い。

「なんとかの国光《くにみつ》、抜けば玉ちる名刀でござい」

などと、声を嗄《か》らしてせり売りをしている。

その京橋南の、観世《かんぜ》新道《しんみち》を境に新両替町《しんりょうがえちょう》二丁目、数寄屋河岸《すきやがし》がある西紺屋町《にしこんやちょう》二丁目、南横町《みなみよこちょう》を隔てた新肴町《しんさかなまち》、北横町《きたよこちょう》の往来を隔てた南紺屋町《みなみこんやちょう》、と東西南北をそれらの町家と隣り合わせた弓町《ゆみちょう》に、その鍛冶場はあった。

弓町は、弓師が多く店をかまえる町である。

田安《たやす》家御用御弓師誰々などと、屋根看板や軒看板をかかげた弓師の店が七、八軒ほど甍《いらか》を並べる表通りより、東へひと筋、東隣りの観世新道からは西へひと筋はずれた南北に真っすぐ通る小路に、炭火の強熱で真っ赤に沸かした刃鉄を、激しく火花を散らして鍛錬する荒々しい槌音《つちおと》が聞こえていた。

小路の両側にも、弓師の店が何軒か並び、ほかに、表具師、唐物屋、錫《すず》細工所などの店がつらなって、極月《ごくげつ》の冬空にかかる天道が家並みの影を黒く落としていた。

その朝の、四ツ（午前十時頃）をすぎた刻限だった。

ひとりの若い女が、小路の中ほどにある鍛冶場より刃鉄の発する激しい喊声《かんせい》のような槌音に誘われて、新肴町との境の南横町の角を、北横町のほうへ折れた。

家並みの影の下をゆく女は、片はずしの髪へ朱色の笄《こうがい》を挿し、縹地《はなだじ》に鹿の子の絞り染めの小袖を女物の博多《はかた》の単帯《ひとえおび》で強く締めて、足下は白足袋《たび》に橙《だいだい》の鼻緒の竹皮の重ね草履《ぞうり》をつけていた。

なで肩の、背筋をのばした小柄な身体つきで、二十歳をひとつ二つすぎた年のころに見える若年増《わかどしま》であった。

器量よしと言っていい目鼻だちの整った容顔ながら、どこか寂しげに見えるのは、おそらく、女が細身の胸の奥に仕舞った屈託のせいに違いなかった。

薄化粧にわずかな朱を刷《は》いた唇を不安げに結び、二重の黒目がちな眼差《まなざ》しには若さゆえの愁いをたたえつつ、速やかな足どりで槌音を響かせる鍛冶場を真っすぐに目指してゆく姿は、武家の子女に思われた。

板葺《いたぶき》屋根の鍛冶場までくると、女は小路に向けて両開きに開け放った戸口の前に黙然と佇《たたず》んだ。鍛冶場の熱気と沸きたつ鉄の臭いが小路に流れ出て、女の身体を生ぬるく舐《な》めた。

女は、奥に石と粘土で囲った火床のある鍛冶場へ、黒目がちな眼差しを不思議そうに遊ばせた。

鍛冶場には金山神《かなやま》を祭った神棚があり、内壁に注連縄《しめなわ》が張りめぐらしてある。

大槌や小槌、鉄梃《かなてこ》、鉈《なた》、鏨《たがね》、大小の鑢《やすり》などの道具や、鍛錬の途中と思われる鉄材が棚に並び、あるいは壁にたてかけられ、向かいの無双窓のある壁ぎわには、炭俵や玉鋼を入れた畚《もっこ》などが積み重ねてあった。

正面奥の壁に祭った神棚の下には、不動明王をかたどった御幣を供えた火床が、赤々と輝く炎をほの暗い鍛冶場に放っていた。

炎は、火床のそばのふいごや、うずたかく盛った炭、砂のようなものを入れた箱や盥《たらい》、水槽、何本も棚に提げた大小の鉄鋏《かなばさみ》を鈍く照らしていた。

そして、烏帽子《えぼし》をかぶった横座と二人の向こう槌の三人の刀鍛冶が、火床の炎を囲むように、梃子台《てこだい》の真っ赤な鉄塊の鍛錬にかかっていた。

横座は五寸ほどの高さの台に敷いた円座に両膝《ひざ》をつき、立てた踵《かかと》に腰を乗せて、赤く沸いた梃子先を打ちすえると、向こう槌の二人はふりかぶった槌を順々に打ち落とした。そして、上下左右から打ち鍛え、赤い鉄塊を四角い形に整えていくのが見えていた。

かん、かんかん……

同じの調子の槌音をたて、火花が四方に散った。

赤い鉄塊から飛び散る火花に、なんと面白そうな、と戸口に佇んだ女は呟《つぶや》き、束の間、屈託を忘れたかのように見とれた。

やがて赤い梃子は怒りを鎮め、荒々しい輝きを消し、槌の下で温和《おとな》しくなった。

横座は槌をおき、梃子を火床に差し入れ、ふいごを吹かし、火床の炎をいっそう燃えたたせ、怒りを鎮めた梃子を真っ赤に甦《よみがえ》らせにかかった。

横座がふいごの把手《とって》を出し入れするたび、ふいごの激しい吐息が吹きこまれ、火床に紅蓮《ぐれん》の炎があがるのを、二人の向こう槌は見守っている。

そのとき、向こう槌のひとりが、戸口に佇んだ女へ目を向けた。

二人の目が合い、強い眼差しが女にそそがれた。

向こう槌は火床の炎に焙《あぶ》られ、白い顔が赤く焼けていた。烏帽子の下の背中に垂らした束ね髪のほつれ毛が、汗ばんだ頰にこびりついているかに見えた。

隣りのもうひとりの向こう槌と変わらぬ背丈があって、二人は瘦《や》せていながら、筒袖の半着とくくり袴《ばかま》の仕事着にくるまれた身体が、青竹のようにしなやかで強靭《きょうじん》に見えた。

おそらく歳は若く、まだ十代の半ばに思われた。

だが、女が驚き目を瞠《みは》ったのは、目を合わせた向こう槌が、もしや女では、と感じられたからだった。

相貌《そうぼう》は精悍《せいかん》だった。けれども、隣りの向こう槌の肩幅のある身体つきとは異なる柔らか味が感じられたのは、女同士だからかもしれなかった。

しかも、凜《りん》とした美しい娘に感じられた。

間違いない、と思った。

女は向こう槌の娘に、戸口の前から黙礼を投げた。

すると、娘がふいごを吹かす横座の刀鍛冶に話しかけた。

横座ともうひとりの向こう槌が、戸口へふり向いた。

女は、もう一度、鍛冶場へ黙礼を投げた。

もうひとりの向こう槌は、まだ童子の面影を残した痩せた若衆だった。鋭い眼差しではあっても、娘よりも幼い面差しだった。

だが、師匠と思われる横座の顔だちはよく見えなかった。

横座は女へ一瞥《いちべつ》を投げたばかりで、すぐに火床へ顔を戻したためだ。把手を押し引きする手を止めず、そのたびにふいごの吐息が繰りかえし聞こえてきた。

娘が戸口の女の前にきた。

娘が近づくと、鉄の沸く臭いがいっそう兆した。

女は、それがいやな臭いだとは思わなかった。むしろ、自分の知らなかった強さが娘に感じられ、かすかな妬《ねた》ましさを覚えた。

娘は女より、三寸ほど背が高く、筒袖の半着にくくり袴の白い仕事着のそこかしこに、火花の跡と思われる米粒より小さな穴が散っていた。

まあ、年若い娘の身でなぜ、と女はまた思った。

「おいでなされ。ご用をおうかがいいたします」

と、こめかみを伝う汗をぬぐいもせず、娘はやや高い声で言った。

「こちらは、江戸の名高き刀工・武蔵国包《むさしくにかね》さまの鍛冶場とうかがい、お訪ねいたしました。わたくしは、由良《ゆら》と申す者でございます。何とぞ、武蔵国包さまにおとり次を願います」

女は、上目遣いに娘を見つめ、心なしためらいがちに言った。

「由良さま？　どちらの由良さまですか。師匠にとり次ぎますゆえ、今少し詳しく、お聞かせ願います」

娘は若い男子のように、無邪気に訊きかえした。

「は、はい……」

由良は首肯した。

「およそ一年前と思われます。川井太助《かわいたすけ》と申す者が、武蔵国包さまに打刀をひと振り拵《こしら》えていただいておるはずでございます。わたくしは、川井太助に所縁《ゆかり》ある者にて、ただ今はゆえあって高輪《たかなわ》に居住しており、生国は、生国は……」

由良はそこで口ごもり、ほのかな動揺を上目遣いの目に浮かべた。

すると、娘はそれまでの鋭い眼差しをゆるめた。

「川井太助さまに所縁の、ですね」

短く念を押し、即座に踵《きびす》をめぐらして横座のそばへ戻った。

娘が伝え、横座はふいごの把手を止めずにまた戸口の由良へ一瞥を投げた。もうひとりの向こう槌も、同じように由良へふりかえった。

「どうぞ、お入りなされ」

娘は由良へ、また男子のように横座のそばから投げた。そして、向こう槌の場に戻り、槌立にたてた槌をつかんだ。もうひとりの若い向こう槌も、槌をつかみ、再び始まる鍛錬に備えている。

火床の梃子は、すでに真っ赤に沸きたっていた。

由良は真っ赤な鉄塊に誘われるように、戸口をくぐり、極月にもかかわらず、汗ばむほどの熱気のこもった鍛冶場へ踏み入った。

横座は炭火の赤い炎をゆらし、火床より真っ赤な梃子を引き抜いた。

梃子台におき、鏨で横に溝を入れ、手前へ折りかえしたところへ、槌を叩《たた》き落とし、美しい火花が周りに飛び散った。

娘が向こう槌を入れ、もうひとりの向こう槌が続いた。

横座、向こう槌の二人、そして横座……

と、槌音が鍛冶場に繰りかえされた。槌をふるう三人は息のつまるような沈黙に閉ざされ、その横顔に、流れるように汗が伝った。そして梃子は、分厚く四角い形に整えられていく。

ほどなく、叩き延ばされた梃子は、沸きたつ怒りを収めて温和しくなった。

横座はそれをまた、炭の熾《おこ》った火床へ差し入れた。ふいごが息を吹きかけ、火床の炭火が紅蓮の炎をあげる。

横座は、鍛冶場の半ばまで入ってそれ以上近づくのをためらっている由良に背を向けたまま言った。

「これは、古鉄《ふるがね》のまじりけを叩き出す下鍛えをやっております。折りかえし鍛錬と言いましてな。折りかえしては叩き延ばし、それを繰りかえして、古鉄を強靭な地鉄に作りあげるのです。この下鍛えと、このあとの上鍛えを十分にやって、折れにくく、曲がりにくく、斬れ具合の鋭い、しかも美しい肌の皮鉄ができるのです」

低く張りのある、しかし穏やかな声だった。

横座は、ふいごの息を弱め、炎の勢いを加減している。

「下鍛えに、もう少しかかります。裏の住まいに人がおりますので、住まいでお待ちいただきたい」

由良は、火床にあがる炎を見つめていた。その炎の中で真っ赤に沸いた鉄塊が叩き延ばされていくのを、このまま見ていたいと思った。美しい火花を散らすのを、もっと見たいと思った。

「いえ。差し支《つか》えなければ、こちらで待たせていただきます」

由良は言った。

向こう槌の娘が、訝《いぶか》しげな顔を由良へ向けた。

二

刀鍛冶・一戸《いっこ》前《まえ》国包は、勝手口を出たところの井戸端で筒袖の仕事着を諸肌《もろはだ》脱ぎになって、汗で汚れた顔と手足を、冷たい井戸水で洗った。桶《おけ》に汲《く》んだ水に顔を映し、濡《ぬ》れた指で一文字髷《まげ》に結った四方髪のほつれを梳《す》き、整えた。

このごろ、髪に白いものがまじるようになった。

四方髪の生えぎわの下に、広い額と黒く太い眉《まゆ》と二重のきれ長の大きな目、さらに下に高い鼻筋と強く結んだ唇がくだっている。頬骨と顎《あご》の輪郭が張り、頑固な職人の気性が長い年月をかけて鍛えあげ刻みこんだかのごとくに、彫りの深い、武骨で気むずかしそうな相貌である。

水に映るその相貌にわかるほど、白髪が目だった。

元禄十七年の年が明けると、四十八歳になる。

「歳だな」

国包は自分自身に呟きかけた。

桶に手拭《てぬぐい》を浸し、水に映る相貌をかき消した。

それから、鍛え抜いた分厚い筋に覆われた身体を、手拭で繰りかえし強くこすった。こすっているうちに、腕や肩から冬の寒気の中へ湯気がのぼった。

痩せてはいても、刀鍛冶の力仕事で肉を削《そ》ぎ落とした体軀《たいく》は、肩幅があり、背も高く、手足も長い。

国包のこの体軀に、真っ赤に沸いた刃鉄の臭いが染みついている。

ひとり娘の千野《ちの》は、赤ん坊のときに国包が抱きあげてあやすと、ひどく恐がって泣き、なかなか国包に慣れなかった。

「あなたの身体に染みついた刃鉄の臭いが、恐いのですよ」

女房の富未《ふみ》が、赤ん坊の千野を国包から抱きとって言ったことがある。

「刃鉄の臭い？　刃鉄の臭いが、おれにするのか」

「しますよ。真っ赤に沸いた刃鉄です。わたしは、嫌いではありませんけれどね」

富未はなんでもないことのように言ったが、国包は、自分では気づいていなかった。刃鉄に臭いがあるのかと、ずっと不思議に思っていた。

先だって、不意に、国包は真っ赤に沸いた刃鉄の臭いに気づいた。

それは、国包が鍛冶場でいつも嗅《か》いでいた臭いだった。これがあたり前だと思っていたから、いつも嗅いでいたことに気づかなかった。

なるほど、これだったか……

国包はこの歳になって、真っ赤に沸いた刃鉄の臭いというものが腑《ふ》に落ちた。

刀鍛冶の修業を始めて三十年にもなるのに、おのれの未熟さがおかしかった。しかし、少し嬉《うれ》しくもあった。

国包の身体から、湯気がのぼっていた。井戸を覆うようにそびえるすだ椎《じい》の濃い枝葉の間に、冬の日がきらめいていた。

「旦那《だんな》さま、ただ今戻りました」

伊地知十蔵《いじちじゅうぞう》が、井戸のある裏庭に姿を見せ、国包に声をかけた。毎朝、十蔵自ら月代《さかやき》を剃《そ》って髷を結う綺麗《きれい》に整った白髪に、午前の日が降っている。

「ご苦労だった。備後屋《びんごや》は何か言っていたか」

国包は手拭で身体をぬぐいながら、十蔵へかえした。

「はい。武蔵国包の新作刀の注文がつかえておりますので、もっと早く仕あげてほしいと、相変わらず申しておりました」

「そうか。ならよい。できぬものはできぬのだから、しょうがないよ」

国包は淡々と言った。

十蔵が国包の後ろへ廻り、手拭をとって、「おぬぐいいたしましょう」と、背中をぬぐい始めた。そして背中をぬぐいながら、

「ただ、一風《いっぷう》が山田浅右衛門貞武《やまだあさえもんさだたけ》のことを申しておりました」

と、四方山《よもやま》話をするように言った。

「山田浅右衛門貞武？　幕府の様《ため》し斬《ぎ》り御用の山野《やまの》家の門下にいる山田浅右衛門の名前を聞いている。その男のことか」

「さようです。旦那さまよりひとつ二つ若い、四十代の半ばをすぎたころとか。居合術と据物《すえもの》斬りを習得し、実践剣を究めた山野門下では最強の侍と、評判でございますようで。やはり、ご存じでございましたか」

「確か、若いころは相当の六法者の暴れん坊だったとも聞いたな。山野門下に入ってから、様斬り御用の手代わりを務めていると、それだけだ。十蔵は山田浅右衛門を知っているのか」

「いえ。それがしも名前だけでござる。どれほどの腕前なのか、見たわけではございません。とは言え、それほど名が知られておるのですから、相当の腕利きであることは、間違いございませんでしょうな」

「だろうな。で、備後屋がなぜ山田浅右衛門貞武のことを言ったのだ」

「一風が申しますには……」

十蔵は手拭を桶に入れ、国包が筒袖の仕事着の袖に腕を通すのを手伝った。

一風とは、数寄屋河岸の御刀屋《備後屋》の主人・一風のことである。

町家の自由鍛冶の一戸前国包は、出来合いの刀や脇差を売る御刀屋の《備後屋》から、打刀何本、脇差何本、小刀・道中差何本……というふうに数打物の注文を受け、数をそろえて安価に卸して、刀鍛冶の暮らしをたててきた。

元禄のころ、江戸は人口百万の都市になった。当時のヨーロッパにもなかった巨大都市江戸に暮らす人々の半数近くが、主家に仕える武家である。

仕官の道を求めて、百万都市の江戸にゆけばなんぞ望みがあるのではないか、とあてもなく流れてくる失業浪人もいた。

武家の男子は二刀を帯びた。本人のみならず、倅ができれば二刀を買い与えねばならないし、娘であっても、小刀ぐらいは持たせてやらねば、恰好《かっこう》がつかない。

町人が、ぐんぐんと力をつけていた。

しかしときは、未《いま》だ元禄武士華やかなりし時代である。

例えば、浅草《あさくさ》の新吉原《しんよしわら》は、遊女に芸を求める身分の高い武家や資産家の町人を主な客にする太夫《たゆう》や格子《こうし》が、遊女の最高位だった。粋《いき》やいなせを気どった客を相手に昼三《ちゅうさん》の花魁《おいらん》が幅をきかせ、吉原の遊女の最高位を占めるのは、まだ五十年先の話なのである。

ただし、名のある刀工が鍛えて銘を刻んだ高級品を持てる者は、少数の大家だけであった。家禄の低い武家は、安価な数打物を買い求めた。

すなわち、町の御刀屋のみならず、立売りが大道に敷いた莫蓙に刀を並べて「抜けば玉ちる名刀でござい」と売る銘もなき数打物、銘はあっても贋《にせ》ブランドの数打物にも、それなりに需要があった。

国包が《武蔵国包》の銘を刻む刀工として名を知られるようになったのは、四十歳をすぎてからである。《武蔵国包》の名が知られるようになり、備後屋の注文が、何々何本……の数打物ではなく、武蔵国包の打刀大小、などと変わった。

長い太平の世が続き、武家の息女の嫁入道具に名のある刀工の刀が、かえって求められてもいた。また去年、赤穂浪人の吉良邸襲撃事件があって、名刀と数打物に限らず、「もっと早く」と急《せ》かされるほど、注文が増えた。

備後屋の亭主の一風は、自分が刀工・武蔵国包を育てたと思っている。

まあ、それはあたっていなくもない。

とも角、備後屋の一風とは、国包が無名のころからのつき合いなのである。

国包が筒袖に腕を通すのを手伝いながら、十蔵が言った。

「山田浅右衛門に、旦那さまの新作刀の斬れ具合を試してもらい、山田浅右衛門の硬軟強弱、利鈍の鑑定書をつけますと、売り値が今の倍以上になるのは間違いないゆえ、頼んでみてはいかがかと。何しろ、幕府の様斬り御用を務める山野家の門下では随一と、評判の使い手でございますからな。山田浅右衛門に頼む伝《つて》が、一風にあるそうでございます」

「ほう、山田浅右衛門の鑑定書がつくと代金が倍以上になるのか。凄《すご》いな」

「凄いですな。のみならず、山田浅右衛門に頼みますと、お大名や幕閣の方々よりの注文も、とり次いでもらえるゆえ、刀工・武蔵国包の名にいっそうの箔《はく》がつくとも申しておりました」

「山田浅右衛門の謝礼は、どれほどかかるのだ」

「二百疋《ぴき》から三百疋ほどで、ただし、山田浅右衛門のとり次ぎならば、大刀で十両以上、短刀ですと三両二分以上は間違いないと」

武蔵国包の銘を打つ新作刀の値段は、大刀で三両からせいぜい五両である。

ひと振りの刀を作るのに松炭を二十俵近く、茅場町《かやばちょう》の伊勢屋《いせや》に頼んでいる備中鉄を二貫二百匁、地鉄一貫三百匁を使い、十日ほどの日数と人手もかかる。

同じ武蔵国包の刀が山田浅右衛門を通すと十両か、とつい考えた。

「考えておこう。客を待たせている」

国包は、十蔵に言った。

十蔵は桶の水を井戸端に捨ててふり向き、訊きかえした。

「若い女の方のようで、ございますな」

「ふむ。去年、杉沢吉左衛門《すぎさわきちざえもん》という侍から、刀の注文を三両で受けた。一両の前金を受けとったが、未だに杉沢吉左衛門は受けとりに現れない。訪ねてきた女は、杉沢吉左衛門に所縁のある者らしいのだ。だとすれば、あの刀もやっと、主《あるじ》の手にわたるのかもしれぬな」

「おう、杉沢吉左衛門はそれがしも、見覚えておりますぞ。年の若い男で、確か、赤穂の浪人が本所の吉良邸を襲撃した半月近く前のことでしたな」

「去年の十二月の初めだ。年のころは、二十代の半ばに思われる。浪人風体で、素性も定かではなかった。ゆとりがありそうにも見えなかったが、残りの代金は刀が仕あがるときまでに必ず工面する、どうしても武蔵国包を帯びたいと言われ、三両の代金でつい引き受けた」

「仕事で長い旅に出るゆえ、武蔵国包の刀があれば仲間に自慢できると、言うておったのでしたな」

「だが、杉沢吉左衛門は偽りの名かもしれん」

「なぜでございますか」

「武蔵国包の刀を注文した川井太助に所縁ある者と、女は言っているようなのだ。千野が応対したから、わたしはまだ聞いていないが」

「川井太助？　でございますか。かわい、たすけ、ふむ……」

「知っているのか」

「いえ。ただ、聞いたことがあるようなないような。定かには思い出せません」

「なぜかな。あの刀を眠らせておくのが、気にかかっていた。赤穂浪人の吉良邸討ち入りがあって、あれからはや一年がたつ。杉沢吉左衛門が現れたのが、そのころだったからかな。女が訪ねてきたのは偶然だろうが、妙な因縁を感じる。いい機会だ。確かめる」

国包が言い、十蔵が白髪頭をかしげた。

国包は、富未の手伝いで仕事着を羽織袴に着替えた。

由良は、客座敷の庭側の閉じた腰障子を背に端座していた。

部屋は書院ふうの十畳の広さで、片側に床の間と床わきがある。

床わきの棚の花活《い》けに千両が活けてある。

四枚の腰障子の外に濡れ縁と沓《くつ》脱ぎ、板縁に囲まれた狭い庭があって、板縁を隔てた隣家の板屋根が、部屋から見あげる空を邪魔している。障子を閉じているので庭の景色は見えないが、午前の日和が軒庇《のきびさし》の影と白い光を障子に映していた。障子に映る白い光が、膝に手をおき、肩をすぼめている小柄な由良の身体を寂しげな影にくまどっていた。

小女のお駒《こま》の出した茶碗《ちゃわん》が、由良の膝の前で冷たくなっていた。

国包は由良に向き合い、着座した。由良は畳に手をついて、

「由良と申します。お見知りおきを、願います」

と、額が手に触れそうなほど低頭した。

「どうぞ、手をあげてください。わたしが、武蔵国包です。ただ、わが家は一戸前と申し、わたしの名は一戸前国包です。本日はわざわざのおこし、畏《おそ》れ入ります」

「一戸前、国包さまで、ございますか」

由良が手をついたまま、顔だけをもたげて訊いた。

「先代は一戸前兼貞《かねさだ》と申し、先々代が慶長《けいちょう》年間にこの弓町に一戸前兼満《かねみつ》と名乗って鍛冶場を開きました。先々代の兼満は、関《せき》派《は》の流れをくむ刀鍛冶の徒弟奉公を始めて刀鍛冶になったのですが、元は美濃《みの》の農民です。わたしが、一戸前家の三代目に相なります」

するると由良は、国包を見あげる黒目がちな眼差しに、戸惑いを浮かべた。

国包は脇差すら帯びていなかった。

「あの、わたくしは、刀鍛冶の武蔵国包さまがお侍さまと、うかがってまいったのですが、違うのでございますか」

「違うというわけではありません。わたしは江戸の武家の生まれで、部屋住みの身でした。若いころに先代の兼貞に弟子入りし、刀鍛冶の修業を始めたのです。兼貞に一戸前家を継ぐ子がなかったため、養子縁組をしてわたしが一戸前家を継ぎました。刀鍛冶の生業《なりわい》はありますが、主を持たぬ浪人でもあります」

由良は、何かしらが解《げ》せぬふうに頷いた。

「由良どのが見えた事情に、刀鍛冶の武蔵国包が侍であることと、何かかかわりがあるのですか」

「そうではございません。ただ、川井太助どのが、何ゆえ、なぜ、武蔵国包さまに刀作りを頼んだのか、それが少し気になっただけでございます」

目を伏せたまま、由良はこたえた。

「由良どのは、武家のお生まれですか」

それにはこたえず、由良はいきなり話し始めた。

「わたくしは、川井太助どのに所縁のある者でございます。ある方から、川井太助どのが武蔵国包さまに、ひと振りの打刀をご注文なされたと、聞いたのでございます。ちょうど一年前でございます。一戸前さま、川井太助どのは、ご注文の刀をいつ受けとりに見えたのでございますか。川井太助どののお住まいをご存じならば、お教え願えませんでしょうか。わたくしには、川井太助どのにお会いして、お訊《たず》ねしなければならぬことがあるのでございます」

国包は唇を一文字に結び、由良を見つめていた。

「もしも、川井太助どのがご注文のお刀を未だ受けとりに見えておらず、代金もお済みでないなら、わたくしが代金をお支払いして、刀をお預かりし、川井どのにお届けいたします。川井どのが刀を未だ受けとりに見えていないとすれば、おそらく、暮らしに窮して、刀の代金の工面がつかぬためと思われます。わたくしは……」

言いかけて、しばし言葉につまった。「わたくしは」と、由良は確かめるように繰りかえした。

「か、川井太助どのにお会いいたさねばなりません。いきなりお訪ねいたし、このようなぶしつけな事柄を申しあげ、さぞかしご不審ではございましょうが、決して偽りを申しておるのではございません。ただただ、川井どのにお会いし、お訊ねいたしたい子細がございます。それのみにて、一戸前さまには決してご迷惑をおかけいたしません。どうか、川井どののお住まいを……」

「しばらく」

国包は手を差し出して、思いつめた様子の由良に微笑みかけた。

「まず、一年前の去年十二月初め、確かに、ひと振りの打刀の注文をお受けいたしました。注文をされた方は、杉沢吉左衛門と名乗っておられ、川井太助という名ではありません。お見受けしたところ、歳は二十代の半ばからもう少し上のころ。瘦せた背の高い方でした。美作勝山《みまさかかつやま》藩の森家に仕えておられたが、ゆえあって浪々の身となり、仕官の道を求めて江戸に下り、今は芝神谷町《しばかみやちょう》の高兵衛《こうべ》店《えだな》に住んでおられると申されていました」

　すると、由良の顔に一瞬輝きが差した。

「そうです。その方です。瘦せて背が高く、少し陰があって……川井太助どのに間違いありません。杉沢吉左衛門と、名を変えて暮らしておられたのですね。わたくし、これより芝の神谷町の高兵衛店にまいり、川井どのをお訪ねいたします。一戸前さまがよろしければ、川井どのの刀をお届けいたします。代金は、おいくらでございましょうか」

　由良が懐より紙入れをとり出そうとした。

「あいや、しばらく」

　と、再びさえぎった。

「杉沢吉左衛門どのは、しばらく旅に出る仕事が見つかり、これを機に新しく刀を拵えたいとも申しておられたのです。わが武蔵国包の刀を帯びれば、仕事仲間にも自慢ができると熱心に申され、それほど望んでいただけるのであればと、代金三両でお引き受けし、前金一両を頂戴《ちょうだい》いたしました。今はこれだけしか持ち合わせがないので、刀の仕あがる十日後に金を工面して、受けとりに見えるということでした。ですが、十日がすぎても杉沢どのは見えなかった。初めのうちは、何か退《の》っ引きならぬ用があって遅れているのか、あるいは代金の工面がつかぬのだろうと思っておりましたが、いつまでたってもお見えにならぬゆえ、年が明けた一月、神谷町の近所に出かける用があったついでに、高兵衛店を訪ねたのです。すると、神谷町に高兵衛店はありませんでした。自身番で問い合わせても、町内に杉沢吉左衛門という美作の浪人が住んでいたことはないと言われました。つまり、杉沢吉左衛門どのは、神谷町に住んではおられないし、住んでおられたこともなかったのです。一年前の刀の注文にこられた日以来、杉沢どのはいまだにお見えになってはおりません。それにまた、杉沢吉左衛門どのが、お捜しの川井太助どのとは限りません。お人違いの場合もあるのでは？」

由良は、膝においた手をにぎり締めた。

わずかな望みが消え、ひどく落胆している仕種《しぐさ》に見えた。

「いえ。川井太助どのに間違いないのです。美作の勝山と申されたのは、川井太助どののお母上の生国が美作の勝山だからでございます。杉沢吉左衛門を名乗るとき、生国を母親の郷里にしたのだと思います」

「わたしは、町家にて自由鍛冶を営む一介の刀鍛冶です。杉沢吉左衛門どのが川井太助どのの変名であれば、町家の自由鍛冶ごときに刀を注文するため、なんの子細があって別の名を使い、生国を隠さねばならなかったのでしょうか。もしかして、川井太助どのは、西国のどちらかのご家中の方だったのですか」

由良は目をそらし、沈黙した。

眼差しが、言葉を探してゆらめいた。長いまつ毛が、途方に暮れているかのように細かに震えていた。

「一年前、川井太助どのが武蔵国包に打刀を注文したと、由良どのはどなたから、いつお聞きになったのですか。その方は、由良どのと川井太助どのと、どういうかかり合いなのでしょうか。杉沢吉左衛門と名乗られた人物は、旅に出る仕事があるゆえ新しく刀を拵えたいと申された。由良どのは、杉沢どのの申された旅に出る仕事に、お心あたりがあるのですか」

しかし、それにも由良はこたえなかった。

「川井太助どのと由良どのとの所縁とは、どのような……」

国包は重ねて訊いたが、由良は頑《かたく》なに沈黙を守り、膝の上でにぎり締めた手が白くなっていた。眉をひそめ、懸命に堪《こら》えているのは間違いなかった。国包は、由良が気の毒になった。

「差し障りがあるなら、おこたえいただかなくともけっこうなのです。ご注文の刀を、ご覧になりますか」

「見せていただけるのですか」

国包は首肯し、座を立って床わきの違い棚の下の戸棚より、黒い太刀袋にくるんだ打刀をとり出した。

由良の前に戻り、白木で拵えた柄《つか》と鞘《さや》の一刀を太刀袋から出した。

「これです。鞘や柄の拵えは、杉沢どののお望みが、きっとおありなのでしょう。どうぞ、ご覧になってください」

と、由良の前に刀をおいた。

由良は刀を両手にとり、鯉口《こいぐち》をかすかに鳴らしておもむろに鞘を払った。

切先を天井へ高くかざすと、二尺三寸五分の刀が障子に映る淡い午前の明かりを受けて、鈍色《にびいろ》の不気味な輝きを放った。刀をかざす由良の手が震え、丁子《ちょうじ》乱れの刃紋がからみついていた。由良はうっとりと眺め、

「まあ……」

と、かすかに感嘆の声をもらした。

鍛冶場で、弟子の千野と清順《せいじゅん》が稽古刀を打つ音がした。台所のほうからは、女房の富未と小女のお駒の、昼の支度にかかり始めた物音が聞こえ、裏庭では十蔵が薪《まき》割りに精を出している。

「この刀を、わたくしがお預かりできませんか。一両の前金は、この一年を預かっていただいた礼金とし、三両の代金を改めてお支払いいたします。わたくしが、川井どのにお届けいたします」

由良は、刀から目を離さずに言った。

「それはできません。杉沢吉左衛門どのの意向がわからぬうちは、おわたしするわけにはいかないのです」

国包がこたえると、由良はそれ以上は言わなかった。

「子細は存じません。ですが、こののち、杉沢吉左衛門と名乗られる方が刀を受けとりに見えたなら、由良どののことをお伝えし、杉沢どのがどちらにお住まいかも、聞いておきます。由良どののお住まいをうかがっておけば、お知らせいたすことはできますが」

しかし由良は、かざした刀をじっと見あげたまま、ただひと言、

「綺麗……」

と、呟いたのだった。

国包は、一年前、杉沢吉左衛門と名乗るその若い男が訪ねてきたとき、腹の底に抱えている大きな負い目を感じたことを、ふと思い出した。

今の由良の様子が、それに似ていたからだ。

三

由良は金杉橋《かなすぎばし》を渡って品川宿《しながわ》へいたる芝田町《しばたまち》の往来を、元札《もとふだ》の辻《つじ》から三田のほうへ曲がり、三田三丁目と二丁目の境を三田台町《みただいまち》への道をとった。

ゆるやかに曲がる道を、聖坂《ひじりざか》へ差しかかる手前でさらに汐見坂《しおみざか》のほうへ折れた。

幅二間余の土留めの段々になった汐見坂を、六十間ほどのぼってふりかえると、ぼんやりと霞《かす》んだ冬の空の下に、江戸の海がはるばると見はらせた。

由良は真っ青な海を眺め、深いため息を吐いた。

海岸は小石だらけの浅瀬が沖まで続き、波打ちぎわから穏やかな海が広がっていた。

空が澄んだ日は、沖のはるか彼方《かなた》に上総《かずさ》の山々が望めると聞いたが、江戸にきてから、まだ一度も上総の山々を望んだことはなかった。

午後の日が海に降りそそいで、無数の光をちりばめた光景は、郷里の赤穂の海を思い出させて、由良の孤独を慰めた。

白い帆をたてた船が、沖に小さく見えた。

江戸へ下ると、自分で決めた。何もかも自分で決めたことだから、悲しくてもつらくても耐えられたが、ひとりになるとなぜか涙がこぼれた。

江戸へ下って間もなく、大石内蔵助始め四十六人の赤穂の浪人が、切腹をして浅野家の菩提寺《ぼだいじ》・泉岳寺《せんがくじ》に葬られたと、町中で噂になった。

そのときは、汐見坂上の伊皿子《いさらご》七軒町《しちけんちょう》に住んではいなかった。まだ、馬喰町《ばくろちょう》の旅人宿に宿をとっていた。

やがて、江戸へ下ってひと月余がすぎ、春の半ばになった。持っていた金がだんだん残り少なくなって、どうしたらいいのだろうと、途方に暮れていた。

旅人宿に居続けることはできなかった。

由良はあてもなく旅人宿を引き払い、泉岳寺へいって、浅野内匠頭と赤穂浪人四十六人の墓を詣《もう》でた。もしかして、太助に逢《あ》えるかもしれないと、童女のような儚い望みを抱いて胸が痛くなるほど高鳴った。

伊皿子七軒町に住むことが決まったのは、泉岳寺を出たときだ。

泉岳寺の門前で、弁蔵《べんぞう》に声をかけられた。

「姐《ねえ》さん、いくあてがねえんならうちへこねえかい。金になる働き口があるぜ」

弁蔵に誘われるまま、あとについていった。

自分がどうなるのか、深くは考えなかった。どのように考えても、考えたとおりにならないことだけがわかっていた。本当なら、もうとっくにこの世にはない命だった。生き長らえるつもりも、わが身を愛《いと》おしむつもりもなかった。

ただ、なぜ、と問いかける言葉だけがかろうじて由良を支えていた。

そのこたえが腑《ふ》に落ちさえすれば、もういいのだ。

由良は、汐見坂の上から海を眺めている。

このあたりは、板葺屋根や茅葺《かやぶき》屋根の粗末な店が、海岸に迫る高台の下の街道筋に建ち並んで、町家を作っていた。

街道を南へゆくと品川宿があって、旅籠《はたご》が賑《にぎ》やかに軒をつらねている。

街道から高台への細道へ一歩それると、家並みは途端に途絶え、深い藪《やぶ》や雑木林や小さな畑が細道に沿い、坂をのぼった高台の上は、木々の間に甍が見えるだけの武家屋敷や寺院が土塀を長々と廻《めぐ》らしていた。

町家は、寺院の門前や細道の辻《つじ》などに、あちらに数軒、こちらに数軒と板葺屋根が固まっているばかりで、昼間でも人通りは少なかった。朝夕は鳥が騒々しくさえずり、風や雨の日は木々が賑やかに騒ぎ、日暮れになれば狐や狸が出てきて、「人を化かすからきをつけな」と教えられた。

町奉行所ではなく、代官所の支配地で、由良が生まれ育った赤穂城下より鄙《ひな》びた貧しい土地だった。

先月の大地震で、箱根《はこね》の山がくずれた。

相模《さがみ》や安房《あわ》や上総は津波に襲われ、箱根から東の宿場は全滅し、赤穂浪人の祟《たた》りだと、江戸市中で流言が飛び交った。

確かに、大きな地震だった。ここら辺の街道沿いや品川宿でも、倒れた家や旅籠があった。けれど、品川宿の旅籠は休みなく続いている。

江戸市中もずいぶんと家が倒れ、お城の石垣が崩れ、倒れた櫓《やぐら》や門もあると噂していたのに、今日、京橋南の刀鍛冶の一戸前国包の鍛冶場を訪ねて、江戸の町の様子は何も変わっていないように見えた。

由良も、地震のあった翌日、伊皿子七軒町の店で客をとっていた。

何も変わらない。そのことのほうが恐かった。もうときが残っていない。それがひしひしと感じられたからだ。

伊皿子七軒町の店へ戻って、表の腰高障子を開けると、いきなり弁蔵が飛び出してきて怒鳴り散らした。

「てめえ、どこをうろついていやがった。勝手な真似をしやがると、ただじゃおかねえぞ。それとも何かい。ここが地獄だと、わからせてほしいってかい」

何もこたえず顔をそむけた由良の頬を、弁蔵は「すかしやがって、このあまっ」と音をたてて張った。

それでも、由良は弁蔵とは目も合わさなかった。

狭い板階段を軋《きし》ませ、平然と二階へあがっていった。その後ろから、

「今晩は飯抜きだからな」

と、弁蔵が投げつけた。

二階は四畳半の一間があって、もうひとり、お満《まん》という三十近い年増が寝起きしていた。部屋には小さな火桶すらなく、ひどく寒かった。

鹿の子絞りの着物を着換えるのを、お満は嘲《あざけ》って毒突いた。

「あんた、勝手な真似をされたら、あっしが迷惑なんだよ。さっきまで、親方が喚《わめ》き散らして大変だったんだから。地獄宿で稼いでる女が、侍の女房をいつまで気ど

ってんだい。上等な着物なんか着ちゃってさ、笑わせんじゃないよ」

地獄宿とは、岡場所より下級の私娼窟《ししょうくつ》である。弁蔵が客引きをする。家主は気づいているが、弁蔵から幾らかの口止め料を受けとり、知らぬふりをしている。客がきたら、二人のどちらかが相手をし、二人きたら、枕屏風《まくらびょうぶ》を隔てて由良とお満の二人一緒に相手をする。

由良はお満にも言いかえさず、細縞綿《ほそじま》の小袖に着替えた。それから出格子窓のそばに、ぽつん、と坐《すわ》り、引違いの障子戸を細く開けた。

出格子窓から、裏店《うらだな》の路地が見おろせた。その路地を出てゆく、由良自身の後ろ姿が見えた。

「なんだい。いけ好かないね」

お満はふて腐れ、布団にくるまってしまった。

由良もお満も、することは、ここにじっとして客がくるのを待つだけである。ほかに生きるあてはない。由良は路地をぼんやりと見おろしながら、

太助どの、なぜ……

と、問いかけた。

そのとき、路地の木戸のそばに佇む人の姿に気づいた。菅笠《すげがさ》をかぶった侍風体だ

った。一瞬、胸が高鳴った。けれど、すぐに違うとわかった。

顔は見えなくとも、由良はいつでも、太助の姿を、目や髪や唇や指や肩や胸が目の前にあるように、くっきりと思い浮かべることができた。

太助どのは、あんなふうでは……

由良は木戸に佇む侍を、虚しく見やった。

伊地知十蔵は、路地の入り口の木戸のそばまできて、由良が路地奥の裏店に入っていったのを確かめた。

日陰になった路地は、昼日中の刻限にもかかわらず薄暗く、枯れ葉が芥《ごみ》のように散っていた。片側は寺の境内の破れかけた垣根になっていて、深い竹藪が垣根の上から枯れ枝をのばしていた。

路地に人影はなかった。伊皿子七軒町の町内全体が森閑としている。

十蔵はどうしたものかと、しばし迷った末に、木戸を離れ町内の小路を戻った。

往来に出て、昼さがりの海を見ながら汐見坂の段々を聖坂へくだった。

聖坂の功運寺《こううんじ》門前《もんぜん》の往来には、ゆき交う参詣客《さんけい》の姿がちらほらと見え、ゆるやかな午後のときが流れていた。

軒先に、《きざみ煙草》の看板を吊《つ》るした小店《こだな》があった。

十蔵は狭い前土間に入り、「ごめん」と声をかけた。

亭主らしき男が出てきて、「へい、おいで」と狭い店の間の畳に坐った。

「五分切を頼む」

「はい。上等の遠州《えんしゅう》物がございます」

「ふむ、それがいい。ここで一服させもらうぞ」

「どうぞどうぞ」

亭主は、狭い店の間の煙草を仕舞った小箪笥の抽斗《ひきだし》から、五分切の油紙の袋をとり出し、あがり框《かまち》に腰かけた十蔵の傍らへおいた。そして、刀をはずし菅笠をとった十蔵の、綺麗に整えた白髪の髷をつくづくと見つめた。

十蔵は、やおら、腰に提げた羅紗《ラシャ》の煙管《きせる》入から真鍮《しんちゅう》の刀豆《なたまめ》煙管を抜いた。

亭主が陶の手あぶりを十蔵のわきへ進めると、油紙の中の五分切を火皿につめ、手あぶりの火をつけた。

亭主は、刀豆煙管を一服し煙をくゆらす十蔵に笑みを向けている。

「今日は日和がよくて、よろしゅうございました。功運寺さまに、お参りでございますか」

「ふむ、まあ……」

十蔵は曖昧《あいまい》にこたえたが、亭主は十蔵を暇な隠居の遊山と思っているらしく、膝の上で手をすり合わせた。

「ではやはり、お役目を番代わりなされて、今はのんびりとおすごしなのでございますね。よろしゅうございますな。羨《うらや》ましい」

亭主はひとりで微笑んでいる。

「ご亭主、そこの汐見坂上の伊皿子七軒町に、女をおいている店があるようだな。町内の小路から路地に入って、二階家が三軒並んだ奥の店だ。向かいは寺の境内の藪になったところだ」

「女をおいている？　伊皿子七軒町の、でございますか。ああ、はいはい、あそこの地獄宿でございますね。存じております。弁蔵とか申す柄の悪い男が、元札の辻の道端で客引きをやっておるようでございますが、あそこはお侍さまのようなお方が、遊びにいかれるところではございませんよ。汚いところですし」

十蔵は煙管の吸殻を手あぶりに捨て、また五分切をつめた。

「遊びにいくのではないのだ。あそこに、気にかかる女がいてな」

「あの、なんぞお調べでございますか」

亭主は顔つきを少し改めた。

「いや。ただ気にかかる女がいる。それだけだ。弁蔵という男が、客引きをしているのだな。どういう女がいるのか、知っているかね」

「わたしはあんなところへいきませんので、どういう女がいるか、詳しくは存じません。地獄宿で恐い病気をもらい、生き地獄を味わされては堪《たま》りませんから。あは……」

自分の戯《ざ》れ言《ごと》が面白そうに、亭主は肩をゆすって笑った。

十蔵は煙管を吸った。

「あそこは、掃きだめのお満という年増がひとりいるだけでございました。塵芥《ちりあくた》のすてどころ、というような容姿の女でございます。それが、この春の半ばすぎでございましたか。弁蔵が若い年増を連れてまいりましてね。お満と二階に寝起きし、客をとるようになったとか、聞いております。おそらく、お侍さまの気になるのはその女のことでございましょう。どこかのご家中の武家の女房らしく、ご亭主が奉公先を縮尻《しくじ》り、ご浪人になられたのでしょう。器量も存外いいと評判になって、地獄いきが増えたようでございますよ」

亭主はまた、戯れるように言った。

「どこの家中の武家か、知っているか」

「さあ。女の評判を、ちらと耳にしただけでございますので、存じません。女も地獄宿で客をとっていると親類や縁者にでも知られると恥になるでしょうから、どこのご家中か、口外せぬでしょうし」

「場末の地獄宿なら、顔見知りもこぬだろうからな」

「そうでございますね。ご浪人と申しましても、去年の赤穂侍のように、亡君の恨みを散ぜんがために、吉良邸に討ち入った忠義者もいれば、あてもなく仕官の道を求めて江戸に流れてきたまではいいけれど、暮らしに窮し、破落戸《ごろつき》まがいに身を落としたご浪人方もおられますのでね。何しろ、五代綱吉《つなよし》さまは賞罰が派手な将軍さまでございますから、改易《かいえき》やら国替えで減封などになったお大名が、すでに四十数家を数えるそうでございます。ご浪人方がふえるわけです」

「赤穂侍は、忠義者か」

十蔵は物憂げに呟き、手あぶりに吸殻を落とした。

四

千野は十七歳。国包のひとり娘である。

自慢の美しい娘に育ったが、いつの間にか父親・国包の刀鍛冶の性根が根づいたらしく、年ごろの娘のように白粉《おしろい》も紅もつけず、綺麗な呉服をほしがりもせず、筒袖の半着の仕事着とくくり袴の男子のような扮装《ふんそう》で、赤く沸いた刃鉄と格闘する国包の弟子になった。十五歳のとき、

「父《とと》さま、わたしを刀鍛冶の弟子にしてくだされ」

と、いきなり言いだし、母親の富未が、「女の身で何を言い出すの」と、目を丸くして驚き止めたが、千野は聞かなかった。

十五歳になって、痩せてはいても背は男子《だんし》並みにのび、若衆のような凛とした風貌に、国包に似て一徹な気質が漲《みなぎ》っていた。

千野とともに国包の向こう槌を務める清順は、千野より二つ下の十五歳。千野が国包の弟子になった二年前、

「女子《おなご》の身の千野さまが弟子入りなさったのです。わたしにも弟子入りをお許しく

ださい。向こう槌は二人要るのではありませんか」

と、千野と競うように国包の弟子になった。

清順は十三歳で、身体ができる前の小柄な瘦せた風貌ながら、精悍さと俊敏さを具《そな》えた身体に初々しさと瑞々《みずみず》しさを湛《たた》えた若衆だった。

国包の従僕である伊地知十蔵が、四十八歳のときに授かった倅である。

「旦那さまのお役にたちたいのです。試しに使ってみてくだされ」

十三歳の清順が国包に弟子入りするとき、父親の十蔵は言った。

折りしも、事情があって住みこみの二人の弟子が同じ時期に次々といなくなり、国包は困っていた。向こう槌がいないと、刃鉄の鍛錬はできない。

「やらせてみるか」

と、国包は千野と清順に弟子入りを許した。

その夕方、千野と清順が、火を落とした火床のそばで、燃料の松炭を三分角ほどに細かく鉈《なた》で割って積みあげていた。火床をむらなく強熱にするため、松炭を無駄な粉にせぬよう割るのがむずかしい仕事である。

刀鍛冶の弟子の重要な修業のひとつであり、《炭きり三年》と言われている。

二人は黙々と炭きりを続けている。

鍛冶場で無駄口を利くことは、師匠の国包に禁じられている。刃鉄の鍛錬で飛び散る火花が、汗のしたたる肌について落ちず、水ぶくれになる。ときには、真っ赤に沸いた刃鉄に槌を叩き落とし、刃鉄が千ぎれ飛んで火傷《やけど》を負うこともあった。

「心を研ぎ澄ませて修業に向かわなければ、大怪我をするぞ」

国包は口やかましく言った。

鍛冶場の無双窓から、夕空が見えていた。

両開きに戸を開け放った表の小路にも、人通りがだいぶ少なくなっている。

夕方の寒気が、それまで熱気に包まれていた鍛冶場にも迫っていた。

明日の鍛錬に使う炭きりを済ませ、鍛冶場の掃除を済ませると、二人の弟子の一日の修業は終る。

と、裏の住まいのほうの鍛冶場の戸口にお駒が顔をのぞかせた。お駒は、住みこみで雇っている小女である。

千野と清順に声をかけた。

「千野さま、清順さん、そろそろきりあげるようにとおかみさんが仰《おっしゃ》っています」

「わかった。清順、今日はこれまでにしよう」

千野が鉈をおいた。弟弟子《おとうとでし》の清順は「はい」とこたえた。

仕事柄、一戸前家には内風呂《うちぶろ》があって、千野が汗と火の粉で汚れた身体を洗って台所へゆくと、台所の板敷に四つの膳《ぜん》が並んでいた。

母親の富未とお駒が、勝手の土間で夕餉《ゆうげ》の支度に立ち働いている。

一戸前家では、父親の国包と老僕の十蔵、弟子の清順の男三人がまず膳に向かい、三人が済んだあと、母親の富未、千野、小女のお駒の女三人が膳につく慣《なら》わしである。一戸前家の家人は、その六人である。

「母《かか》さま、父さまと十蔵はもう済んだのですか」

千野が勝手におり、富未とお駒を手伝いながら言った。

千野は、鍛冶場では国包を《師匠》と呼ぶが、鍛冶場を出ると《父さま》である。

「さきほど、永田町《ながたちょう》の伯父《おじ》上のお使いの方が見え、お呼び出しを受けたのですよ。何か、お急ぎのご用だとか。ちょうど十蔵が戻ってきましたので、つい今しがた、二人でそのまま出かけました。今夜は四人です」

富未が竈《かまど》の鍋《なべ》に向かって、さらりと言った。

「そうなんですか。では、また父さまは友成《ともなり》家から何か言いつかるのですか」

千野は、少し不満そうに言った。

「いいじゃありませんか。父さまの伯父上なんですから」

富末はふりかえり、不満そうな千野に笑いかけた。

「だって、友成家の人たちは父さまを家来みたいに扱って、やっかいなご用ばかり父さまに押しつけるんですもの」

「永田町の友成家は、友成家のご本家ですからね。一戸前家を名乗っても、父さまは友成家の者ですから、仕方がないのです。お武家とはそういうものなのです。やっかいなご用を言いつかるか言いつからぬか、それは父さまがお決めになります。父さまにお任せしておきなさい」

富末は平然としている。

そこへ、外の井戸端で身体を洗った清順が勝手口から入ってきた。

「清順、今夜は四人ですから、一緒に夕餉をいただきましょう」

「はい。親父さまは師匠とお出かけなのですか」

「永田町の友成家です」

「ああ、友成家へ」

清順も千野と同じような口調で言った。

富末は笑みを投げ「じゃ、いただきましょう」と味噌汁《みそしる》の盆をお駒に運ばせ、襷《たすき》をとった。

千野は、父さまと十蔵がいないときは母さまが少しのびのびしているような感じを受けた。母さまがのびのびしているのはいやではないけれど、父さまが友成家のご本家からまた何かご用を言いつかるのが、やはり何かしら不満だった。

国包と十蔵は山下《やました》御門の濠《ほり》を越え、外桜田《そとさくらだ》、霞ヶ関《かすみがせき》の坂をのぼっていた。このあたりは、諸侯の広大な上屋敷の土塀がどこまでもつらなっている。

霞ヶ関から南の永田町方面へ、真田家下屋敷と細川《ほそかわ》家上屋敷の境の往来へ折れた先に、友成家の片門番所の長屋門がある。

大名屋敷の白い漆喰《しっくい》の土塀を朱色に染めていた天道が、西の空へ夕焼けを残して沈んでいた。土留めの段々になった霞ヶ関の坂が続いている。

土塀に囲われた広大な屋敷の樹林の上に広がる空に、夕暮れの朱色がかすかに残って、その空を背に烏《からす》の黒い影が飛び交っていた。

「ふむ、地獄宿か……」

国包は十蔵の話を聞き終え、物憂く言った。

もしかしてそのようなことでは、という気がしないではなかった。そのようなことだったと知り、自分にはかかり合いはないのだとわかっていても、国包はやりきれなかった。

「どこのご家中の武家かは、わかりません。あの女も、どこのご家中の誰かなど、素性の詮索《せんさく》はされたくないでしょうし」

十蔵が重たげに言い添えた。

「しかし、気になるな。あの女の身に着けていた鹿の子の絞り染めの小袖が、似合っていた。博多の帯を締め、白足袋をつけ、きっと、幼いときからそういう装いに慣れた暮らしを送ってきたのだ。あの女は、地獄宿で客をとったとき、多くのものを捨てたのだろうな」

「いえ、旦那さま。多くのものを捨てられなかったから、地獄宿だったのではありませんか。それがしは、侍を捨てきれぬ浪人の倅で、わが父にもそのようなところがありましたから、わかる気がするのです」

「ふむ？　そうか。確かにそうだ。捨てられないものがあるからこそ、地獄宿だったのかもしれぬな」

「はい。場末の、地獄宿です」

十蔵がかえし、国包はいっそうのやりきれなさを覚えた。由良の武家の女らしいそつのない身なりが、痛々しく思い出された。

十蔵が提灯《ちょうちん》をかざし、国包の数歩先の道を薄明るく照らしていた。

「川井太助という侍は、由良とどういう子細のある者なのだろう」

「やはり、夫ではありませんかな」

「そうだろうな。そうとしか思えん。杉沢吉左衛門が川井太助だとすれば、若い夫婦だ。若い夫は若い妻を国元に残して、江戸へ出てきたか」

「奉公先を失い、家禄を失った川井太助は、妻の由良を国元に残し、仕官の道を求めて江戸へきた。しかし、仕官の道などなく、そのうちに川井太助は行方知れずになった。由良は川井太助の行方を捜すため、江戸へ出てきたものの、夫を捜しながらも暮らしをたてるなんの手づるを持たず、やむなく地獄宿に身を落とし、糊口《ここう》をしのがざるを得なかった。そんなところでございましょう」

「そこまでして夫を捜さねばならぬ子細を、由良は抱えておるということか」

「だとすれば、哀れなほど一途《いちず》に思いつめた、自分など捨ててもかまわぬほどの、子細でございましょうな。赤穂浪人のような……」

「赤穂浪人か。確かに、吉良邸に討ち入った侍たちもそうだったな」

しかし、国包はすぐに、それは違うような気がした。

あの若い夫と若い妻は、世間の道理ではなく、おのれたちだけの暗い存念に引き摺《ず》られ、途方に暮れているかのように思えた。

若い夫はなぜ行方をくらまし、若い妻は地獄宿に身を落としても、なぜ夫を追うのだ。二人に何があった、と国包は考えた。

「杉沢吉左衛門は、長い旅に出かける仕事がある、と言っていた。どこへ出かけるつもりだったのかな」

国包が言うと、十蔵はむっつりとかえした。

「どこへで、ございましょうかな」

「武蔵国包を帯びて、長い旅に出かけるつもりだったのか……」

呟いた途端、ふと、口の中にかすかな苦みがこみあげた。

永田町の往来の先に、友成家の長屋門の影と、門の瓦葺《かわらぶき》屋根を黒々と覆う樹影が見えてきた。片門番所に灯る薄明かりが、夕暮れに包まれた門前を、ほのかに照らしていた。

友成家では、供の十蔵はいつも溜りの間で待つ。ところがその夜は、

「十蔵どのもご一緒にと、ご隠居さまが申しておられます」

と、案内の若党が言った。

刀を若党に預け、国包と十蔵は書院へ通された。

書院には二張りの丸行灯《まるあんどん》が灯されていた。床の間の前に脇息《きょうそく》がおかれている。

国包は脇息に向き合って端座し、十蔵は国包の斜め後ろに控えた。

床の間の化粧柱の花活けには、黄色い福寿草が活けられていて、はや正月気分が座敷にほのかに漂っていた。

中庭に面した黒塗り桟の明障子《あかりしょうじ》は閉じられ、廊下側と次の間の襖《ふすま》の唐紙《からかみ》や欄間の彫物、格子天井、綺麗に掃き清められた青畳に、質実な中にも贅《ぜい》をこらした豊かな武家の風情がうかがえた。

ただ、ずっと以前から床の間の壁にかけられていた漢詩の掛軸が、竹林に小鳥が飛び、地面の餌をついばむ素朴な絵にかけ替えられていた。

ほどなく、廊下を踏む音がし、「ご隠居さまのお見えです」と、若党の声が襖の外でかかった。

国包と十蔵は畳に手をついた。

襖が開き、数之助《かずのすけ》の見慣れた着流しに羽織のくつろいだ姿で、白足袋の足を面倒そうに運んで部屋へ入ってくるのが見えた。ただ、歩みは今年七十八歳とも思えぬほど矍鑠《かくしゃく》としている。

「お呼びにより、参上いたしました。先だっては馳走《ちそう》に相なりました」

先だってというのは、十月の末のことである。

もうひと月以上がすぎ、年の瀬になった。春が近い。

「急に呼びたてて済まぬな。かまわぬから手をあげろ。十蔵もよくきた」

これも存外に張りのある声を、数之助は国包と十蔵にかけた。

「畏れ入ります」

国包に続いて、十蔵が身を起こした。

若党が茶碗をそれぞれの膝の前に出し、部屋から退《さが》っていった。

「国包、仕事はどうだ。忙しくやっておるようだな」

丸くなった背中を甲羅のようにかついで着座し、額や目の周りの染みや長い歳月を刻んだ皺《しわ》の目につく顔を、甲羅からひょっこりと持ちあげている。

「忙しくというほどではありませんが、武蔵国包の銘のあるひと振りをと、相応に注文をいただいております。ありがたいことです」

「正之《まさゆき》が刀工の武蔵国包のことを城中で、御書院番の誰ぞに訊かれたと、先日も言うておった。従弟《いとこ》の藤枝《ふじえだ》国包のことには触れずに、わが友成家に昔より所縁ある一戸前家を継ぐ者で、京山城《やましろ》の来《らい》派の流れを汲む名工だと教えたそうだ」

「正之さんにはいつもながら、お気遣いいただき、礼を申します。そのようにお伝えください」

「従弟同士だ。礼になどおよばぬ。わが友成家の血筋を引く者として、武蔵国包の評判が高まるのは自慢なくらいだ。とも角、それほどの才が具わっていたということだ。わが家に出入りする者に、武蔵国包の名を出すと、たいていは聞いたことがあるとこたえるよ。大したものだ。前にも言うたが、その才はおまえの祖父《じい》さまから受け継いだのかな。おまえは若いころの祖父さまに顔つきも似ておるし」

数之助は、いがらっぽく咳《せ》きこむように笑った。

国包は、「そうですか……」と、軽く調子を合わせた。

父親の国広《くにひろ》からも、若いころの祖父さまに似ていると言われたことがある。似ておると言われても、祖父さまをよく知っているわけではない。似ていると言われ、そうなのか、と思うだけである。

祖父さまの友成包蔵《かねぞう》は、河内《かわち》の枚方《ひらかた》村の鍛冶屋の倅であったと聞いている。

慶長二十年の大坂夏の陣の戦役で、大坂方の雑兵として戦場に出た折り、いかなる子細でか、将軍家お側衆《そばしゅう》の一門である友成家の数右衛門《かずえもん》とかかり合いができ、数右衛門の孫娘の婿として友成家と養子縁組をした。

その後、包蔵は将軍家お側衆旗本の友成家二千五百石の家督を継ぎ、三人の倅の父親となった。長男が数之助、次男の正包《まさかね》、三男の国広である。

長男の数之助が友成家の家督を継ぎ、今は隠居に退き、倅の正之が友成家本家の当主についている。

正包は、小納戸《こなんど》衆の堀川《ほりかわ》家八百石に養子縁組を結んで堀川家を継いだ。この伯父も今は倅の伸右衛門《しんえもん》に家督を譲って、隠居の身で息災である。

三男の国広、すなわち国包の父親は、藤堂《とうどう》家の納戸役の藤枝家三百石へ養子婿に入り、藤枝家は藤堂家江戸屋敷の勤番で、兄の広之進《ひろのしん》に続いて国包が生まれた。

藤枝家は藤堂家の家臣となった。兄の広之進も国包も江戸生まれの江戸育ちであった。国元に藤枝家の采地《さいち》はあるものの、国包は国元の津《つ》がどんな土地か、見たこともいったこともない。自分の国は、江戸と思っていた。

国包は、刀鍛冶の修業のために、十八歳のときから、弓町の自由鍛冶・一戸前兼貞の通い弟子になっていた。

延宝《えんぽう》七（一六七九）年、国包が二十三歳の春、父親の国広が江戸勤番を役目替えになった。

藤枝家は領国の津へ戻ることが決まり、それを機に、部屋住みの国包は、国広を通して藤枝家の許しを得て、刀鍛冶の修業を続けるため、一戸前兼貞の下に住みこみ弟子として江戸に残ることにした。

刀鍛冶の修業を始めたのは、おのれの腰に帯びるひと振りを、おのれの手で拵えたかったからである。初めはおぼろにそう思っただけで、刀鍛冶を生業にする腹を据えていなかった。師匠の兼貞にあとを継ぐ子がなかったため、養子縁組をして刀鍛冶・一戸前国包を名乗ったのは二十六歳である。

一戸前国包を名乗ったこのときから、これでいくか、と進むべき道が定まった気がした。刀鍛冶一戸前国包として、歩み始めた。

二十九歳になって、三十間堀町《さんじつけんぼりちよう》一丁目の土手通りで寄合茶屋を営む大護屋《だいごや》清兵衛《せいべえ》の娘の富未を妻に迎えた。千野が生まれたのは、翌々年の貞享《じようきよう》四（一六八七）年であり、さらに翌々年の元禄二年の冬、十蔵が生まれて三月の清順を負ぶって、国包の鍛冶場の前に現れたのだった。

慶長二十年の夏より、歳月は流れた。慶長二十年の夏、十八歳の村の鍛冶屋の倅だった祖父さまと国包が似ていると、伯父の数之助や父親は言う。

若いころの祖父さまを知らないのだから、この顔は祖父さま譲りなのか、若いころに似ているなら、歳をとれば、祖父さまの、しみが浮き、皺だらけのちょっと不気味なああいう顔になるのかと、ぼんやり思ったぐらいである。

ただ、年が明けると四十八歳になる今でも覚えている祖父さまの言葉がある。

国包は五歳の童子だった。何かの祝儀があって、友成家一門の縁者が永田町の友成家の屋敷に集《つど》って宴《うたげ》が開かれた。その折り、一門の孫たちが祖父さまと祖母《ばあ》さまの隠居部屋に呼ばれ、贈り物をいただいた。国包が贈り物の菓子箱を手わたされたとき、祖父さまは国包の小さな手を暖かくさらさらした手で包み、酒宴で少し赤らんだ顔に笑みを浮かべて言った。

「おまえは国広の次男坊だな。同じ兄弟でも、弟は報われることが少ない。おまえの父上も報われることの少ない三男坊だ。それでは可哀想だから、わが友成家の家宝を、報われることの少ないおまえの父上に譲った。だから、報われることの少ない弟のおまえも、父上からそれを譲ってもらうといい。きっと役にたつ」

「かほうとは、なんでございますか」

国包は、祖父さまに訊いたことを覚えている。

「代々、友成家に伝わる、まあ、お宝だ。おまえの父上に譲ったのだから、今は藤枝家のお宝になっておる。お宝は売ると金になる。だから、お宝だ。金は生きてゆくのに役だつ。形あるお宝など、生きてゆくのに役だてばそれでよい。だがな、本当のお宝は人の腹の中にある。国包のお宝は、今はまだ腹の中で眠っておる。おまえはそれを、目覚めさせてやらねばならぬのだ。それがおまえの腹の中で目を覚ませば、本当のお宝になるのだ。本当のお宝は、心の糧になる。心の糧になるものが本当の家宝なのだ」

五歳の童子が心の糧と言われても、ちんぷんかんぷんだったが、祖父さまは、五歳の童子を相手に、そういうことを平気で言う人だった。伯父の数之助に言わせれば、死ぬまで子供を貫きとおしたような人だったらしい。

ちんぷんかんだった祖父さまの言葉を、国包は今でも覚えている。

これでいくか、とこの道を進むと腹を据えたことが、祖父さまの言った心の糧かもしれなかった。

けれども、進むべき道のほんの数歩より先は、見えたことはなかった。道は闇の彼方に消えていく。迷い、悩み、怯《ひる》む心を奮いたたせ、次の一歩を踏み出した。

そして道は、歳月がすぎ去った今でも、見えぬままである。

進むべき道など所詮《しょせん》はこんなものだ、歩んでさえいれば、少しは運が花を持たせてくれることもあるだろうと、国包はこのごろ思うようになった。

数之助に調子を合わせ、国包は言った。

「掛軸が変わりました。前の掛軸はどうなさったのですか」

「あれか……」

数之助は後ろの床の間へ、わずかに首をかしげた。

「前の掛軸は、清《しん》国の顧《こ》炎《えん》武《ぶ》という詩人の有名な漢詩らしい。昔、人に譲られたのだ。秋柳をなんとかという題の、もう忘れた。歳をとると、漢詩など辛気臭くてかなわん。この掛軸は麴《こうじ》町《まち》の古道具屋で購《あがの》うた。三《さん》阿《あ》弥《み》とかと言う三代の水墨画の絵師の何代目かの何とかの絵らしいが、それも忘れた。この前きた客に、これが三阿弥とはひどいですなと笑われたよ。ふん、本物だろうが贋物だろうが、どうでもよい。このできの悪い水墨画は、見えているのに目には留まらぬところが楽なのだ。床の間にかけてあるのに、目に留まらぬから邪魔にならぬ。真《まこと》の詩は、活動する志がおのずから言葉となって吐露されるのだそうだ。志など、わしはもういい。あんなものは、疲れるだけだ」

国包に顔を戻し、生臭そうな冷笑を寄こした。それから十蔵へ向き、

「十蔵、倅は息災か」

と言った。

「はい。旦那さまの門弟となり、日々、刀鍛冶の修業に励んでおります」

十蔵は簡潔にこたえた。

「そうか。国包から聞いておる。よき倅だそうだな」

「ありがとうございます」

「ところで、今宵《こよい》、十蔵をここへ呼んだのは、国包の郎党であるおぬしにも聞かせておきたい話があるからだ。どう聞くかは、おぬしら次第だがな。間もなく、もうひとり客がくる。話はその客がする。つき合え。よいな」

「承知いたしました」

五

客は、米沢《よねざわ》上杉家に仕える山陰久継《やまかげひさつぐ》という五十代半ばの侍だった。

米沢の上杉家と言えば、当主の上杉綱憲《つなのり》は、一年前の十二月に赤穂浪士に討たれた吉良上野介義央の長男である。吉良家を継いでいるのは、その上杉綱憲の次男の左兵衛義周である。

山陰久継は上杉家の徒士《かち》組であり、身分の高い侍ではなかった。五十を二つ三つすぎてから、倅に家督を譲り隠居の身になっており、数之助とどういう繫《つな》がりか、国包には察しがつかなかった。

灰色と紺の古びた羽織袴で、中背の痩軀《そうく》の風貌に、長い年月をおのれの分を守って生きてきた純朴な侍の気性がうかがえた。友成家の屋敷を訪ねてくるのは初めてらしく、数之助に手をついて深々と頭《こうべ》を垂れ、

「山陰久継でございます。このたびは、友成さまのお骨折りをいただき、心よりお礼を申しあげます」

と、硬い口調で礼を述べた。

案内をした若党が数之助の耳元に、「高田《たかだ》さまと山陰さまよりお礼の品を……」と、ささやいた。数之助は若党に「そうか」と軽く頷き、山陰にかえした。

「山陰どの、お心遣い、いたみ入ります。高田どのに、よろしくお伝えくだされ。まずは、手をあげられよ。この者が、高田どのに話しましたわが甥《おい》の一戸前国包でござる。武蔵国包という銘を持つ、刀鍛冶でござる」

山陰は、低頭のまま国包に膝を向け、

「山陰久継でございます。刀工・武蔵国包どののご高名は、以前よりうかがっております。このたびは、お世話に相なります。何とぞよろしくお願いいたします」

と、再び手をつき、やはり硬い口調で言った。数之助と山陰と、おそらくは高田

と言う人物の間で、すでに話がついている口ぶりだった。

「一戸前国包と申します。お見知りおきを」

国包は戸惑いを隠し、手をついてかえした。

「それから、そちらに控えておる者は、国包の郎党にて伊地知十蔵と申し、長年、国包に仕え、信頼に足る男です。国包だけではなく、十蔵にも会っていただいたほうがよかろうと考え、今宵は同席させることにいたしました」

山陰久継でございます、伊地知十蔵でございます……

と、十蔵と山陰は、双方が礼と辞宜を交わした。

山陰は、ようやく手をあげ身体を起こした。だが、表情をやわらげることなく、目を伏せていた。

「山陰どの、じつは、今宵の話はまだ国包と十蔵には話してはおらんのです。こういう話は、やはり、山陰どのご自身の言葉で話されるほうがわかりやすい。ご心配にはおよびません。この者たちは話のわかる男です。口も堅い。だからわたしは、高田どのから相談を受け、わが縁者にこういう者がおりますと申した」

「ごもっともでございます」

目を伏せたまま、山陰は首肯した。

数之助は国包に向き、腹に何かありそうな目つきになった。

「高田どのとは、すでに七十をすぎておるが、未だ上杉家ご当主・綱憲さまの信頼の厚いお側衆だ。名は高田政直《まさなお》と言うて、わたしとは三十年来の知己の間柄でな。今宵の話は、高田どのから相談を受けた」

「まことに、面目ござらん」

と、いきなり山陰が口を挟んだため、数之助は苦笑を浮かべた。

「とも角、こういう話をするときは、よき酒を呑《の》み、美味《うま》い料理を楽しみながらするのがわが流儀でござる。酒が閉じた心を開き、心が開かれれば、互いの存念がわかり合える。よろしいな」

「お任せいたします」

ほどなく、それぞれの前に銘々の膳が並べられた。黒塗りの提子《ひさげ》が熱燗《あつかん》にした酒の湯気を薄《うっす》らとのぼらせ、膳に並んだ料理が芳香を放った。

料理は、真黒《まぐろ》の刺身、角にきった鯛《たい》の塩焼きと、醬油《しょうゆ》の付け焼きを小串《こぐし》焼きにした同じく鯛、卵の黄身酢の平目と大根の膾《なます》、みそ澄ましの汁、鴨と松茸《まつたけ》、蒲鉾《かまぼこ》を付け焼きにし、里芋、くわい、人参、牛蒡《ごぼう》を下茹《したゆ》でして煮物にした平《ひら》、それに、大根の小口切りを酒と醬油と酢で合わせて漬けた漬物である。

酒宴が始まり、数杯を傾けてから数之助が言った。

「酒はひとりで呑むより、人と呑むほうがいい。少し酒が入ると、素面《しらふ》では話せぬことが話せる。聞きたいことが聞けるようになる。そう思わぬか、国包」

「はい。そのように思います」

「そこで訊ねる。赤穂浪人の吉良邸討ち入りから、はや一年がたった。国包は赤穂浪人のふる舞いを、一年がたった今、どのように思うておる」

数之助が言うと、山陰は杯をもったまま頷いた。

国包は、杯をゆっくりと乾《ほ》した。それから提子を杯に傾けて酒をそそぎ、膳の傍らへ戻した。杯に満ちた透きとおった酒を見つめ、

「赤穂浪人の吉良邸討ち入りを、武士らしき忠義のふる舞いと思うております」

と、少々冷めた気持ちで言った。

「しかしながら、わたしが赤穂浪人の立場であったなら、あの四十七人と同じふる舞いをしたかどうか。心残りが、ないとは申せません」

「ふむ、心残りがあるか。なるほど。武士らしき忠義のふる舞いとは思っても、思うのと実際にふる舞うのとでは、違うからな。武士だとて命を惜しむし、斬り合いは恐い。赤穂侍は三百人をこえる士分以上の家臣がいたにもかかわらず、討ち入っ

たのは四十七人。家中の一割五分ほどの家臣が、決死の覚悟で討ち入ったにすぎない。はるかに多数の家臣らは、武士でありながら武士の忠義のふる舞いをしなかった。すなわち、武士の忠義がなんたるかは、少数のおのれを顧みず決死の覚悟を腹に据えて事に臨む者が決めるということだ。残りの多数の者は、それに従うて武士の忠義を語るにすぎない。武士の忠義に限ったことではない。世の正義や悪も同じだ。少数の特別な者が正義と悪を決め、多くのそうでない者が何も考えずにそれに従う。なぜなら、それが一番この人の世に相応《ふさわ》しい決め方だからだ」

数之助は、訳知りの虚無をもてあそぶかのように言った。そして、しみが浮き皺だらけの顔に冷笑を浮かべた。

「十蔵、おぬしはどうだ。赤穂浪人をどう思う。おぬしは主のために、赤穂浪人のようにふる舞えるか」

国包と膳を並べた十蔵へ、皮肉をにじませつつ話を向けた。

「さようですな……」

十蔵はのどかな顔つきで、しばしの間をおいた。

「それがしは、命を惜しむ歳ではありませんので、事に臨めば、赤穂浪人のように吉良邸に討ち入ったでありましょうな」

「あっぱれだ。さすがは国包の郎党。よく言うた」

「すると、ご隠居さまは赤穂浪人びいきでございますか」

「赤穂浪人びいきではない。そうではないが、赤穂浪人は忠義のために討ち入った武士だとは思う。だが、わたしが赤穂浪人であったなら、吉良邸には討ち入らぬ。国包の心残りとは違うがな」

数之助は冷笑を浮かべたまま、杯をゆらした。

「赤穂浪人らのふる舞いは亡君の遺志を継いだものだが、お上の法を破ったふる舞いに間違いはない。それは道理にそむくものだ。赤穂浪人らを断罪に処したことはお上の法を明らかにし、法の筋を通したのであって、法ゆえの断罪は、赤穂浪人らは覚悟のうえであったと思う。かの四十七人、いや、四十六人は、断罪されたことに後悔はなかったであろう。わたしも十蔵と同じ、命を惜しむ歳ではない。しかしわたしは、討ち入りがたとえ亡君の遺志を継ぐものであったとしても、お上の法を破り道理にそむくことには賛成いたしかねる。そういう立場だ」

十蔵は、ふうむ、とうなった。

山陰は口を挟まず、黙々と杯を重ねていた。

「ならば、国包。おまえが吉良側の侍であったら、どうする。あるいは、左兵衛義周どの近習の上杉家の侍であったら、赤穂浪人らが討ち入った当夜の吉良邸において、どのようにふる舞う」

「じつは、わたしは吉良邸にいた侍も使用人もよく戦い、忠義のふる舞いをしたと思っております。当夜、吉良邸内の者たちは、十七人が討たれて落命し、二十数人が重軽傷を負っております。落命した者のうちの十三人は、長屋ではなく本家屋内の吉良どの、あるいは義周どののお側近くの武者溜りや近習部屋にいた者たちと伝わっております。また、疵を負った者の中には重傷の者が四人おり、その四人も当夜は当番で本家の宿直をしておりました。一方、斬りこんだ赤穂側の侍は、ひとりが疵を負ったのみにて、殆どが無疵同然の始末でした。吉良側の侍たちは、陣形を組み、まとまって赤穂側の斬りこみ隊を迎え撃ったのではありません。個々に斬りこみ隊と遭遇し、あちらでひとり、こちらでひとりと、とり囲まれ倒されていったのに違いないのです。少なくとも屋内においては、赤穂側に対して吉良側は、ろくな装備もないあり様で、しかも多勢に対して無勢の戦いを余儀なくされていたと思われます。お訊ねの、当夜、わたしが吉良側の侍として宿直をしておりましたなら、吉良側の落命した者か重き疵を負った者が、ひとり増えただけです」

国包は数之助の皮肉な顔つきへ、にこやかにかえした。

「ほう、赤穂側が多勢で吉良側が無勢か。吉良側には、足軽を含めて士分以上の侍が百人以上いた。そのうち、赤穂浪人らと戦った者は半数以下だった。多くが長屋に閉じこもって、主人の上野介どのが討たれ、左兵衛義周どのが疵を負うのを見守っていたわけだ。赤穂浪人の討ち入りと知って臆病《おくびょう》風に吹かれ、吉良邸を逃げ出した者も十二人、あるいは十三人いると聞こえておる。それが赤穂側と同じ武士らしい忠義のふる舞いと言うのか」

「それは、伯父上が先ほど言われました。浅野家の一割五分ほどの家臣が、決死の覚悟で吉良邸に討ち入ったにすぎず、はるかに多数の家臣は、忠義のふる舞いをしなかったのです。武士の忠義がなんたるかは、少数のおのれを顧みず決死の覚悟を腹に据えて事に臨む者が決めるということであり、残りの多数の者は、それに従うて武士の忠義を語るにすぎないと。それでも当夜、吉良側は百人余のうちの四十人足らずであれ、それほどの人数が赤穂側と戦ったのです。赤穂浪人は浅野家家中の一割五分ほど、吉良側は四割近くになります」

「それは事情が違うではないか」

「事情が違うとは言え、吉良側に面目を失う謂《い》われはありません」

「わからんことを言う男だ。多数は討ち入りと知って長屋から出ず、あまつさえ、

十二、三人の者は逃げ出した。その者らは、戦場《いくさば》を逃げ出したも同然の不忠者ではないか。赤穂側と吉良側の数を比べ、双方を同じ武士の忠義にあてはめるのは、いくらなんでも無理があるぞ」

「同じ景色を眺めても、見る場所を変えると違った景色に見えると言うておるのです。百人余の吉良側の侍のうち、二十人余が落命するか重傷を負った。そのうち中間と小者をのぞけば、士分の数は百人余の中の一割半ば、もしくは二割に足りぬでしょう。それらの者が、おのれを顧みず決死の覚悟を腹に据えた赤穂浪人と死力をつくして戦ったと見なせば、赤穂側が浅野家家中の一割五分余、吉良側が二割足らず。吉良側の武士の忠義は、数において赤穂側に劣ってはおりません。吉良邸の侍の落命した者、重き疵を負った者をのぞいた八割以上が生き残り、半数以上は戦うことすらせず長屋に隠れ、のみならず、一割なにがしの者は臆病風に吹かれ逃げ出しさえした。一方、吉良邸に討ち入った赤穂浪人の四十七人は、赤穂浅野家三百余の家臣の中の一割五分余にすぎず、浅野家の家臣たちの中で起こったことと、吉良邸討ち入りの折り、吉良側の侍たちの中で起こったことと、さほどの違いはなかった。むしろ、似ていると思えてならぬのです」

数之助は唇をへの字に結び、薄笑いを浮かべていた。

しかし、山陰は黙々と呑んでいた杯を止め、国包に怪訝《けげん》な顔つきを向けていた。青ざめて瘦《こ》けた頰に、少し赤味が差していた。

国包は続けて言った。

「赤穂侍の忠義は評判になっても、吉良側の侍の忠義が語られることは殆どありません。しかしながら、赤穂側にも吉良側にも、おのれを顧みず決死の覚悟を腹に据えて事に臨む忠義の侍がおり、それに同調して武士の忠義を語っても事には臨まぬ残りの多数の侍がおり、臆病風に吹かれて戦場から逃げ出す侍がいたはずなのです。わが腹にも、一割五分の決死の覚悟を腹に据えて事に臨むおのれと、武士の忠義を語っても事には臨まぬおのれと、臆病風に吹かれ忠義を捨てて戦場を逃げ出す一割なにがしのおのれがおります」

ふん……

数之助は嘲笑《あざわら》うように、皺だらけの顔をいっそう皺だらけにした。

「それがおまえの言うた心残りか。ひねくれた理屈をこねおって。おまえが言うのを聞いていて思い出した。わが親父どのもそういう理屈を言うて、人を煙《けむ》に巻いておった。前も言うたが、おまえはわが親父どのに似ておるよ」

伯父上も相当ひねくれておりますよ、と思った。だが、それは口に出さず、

「わが祖父さまの、友成包蔵ですね。生まれは上方の枚方村の鍛冶屋だった……」

と、杯を乾した。

「十蔵、おぬしの主は、やっかいな男だな」

「まことに、やっかいで放っておけません。仕え甲斐《がい》がございます」

「はは。郎党も主に似ておる。山陰どの、どうやらこの国包は、赤穂びいきではのうて、吉良びいき、あるいは上杉びいきのようですぞ」

山陰は、数之助がかけた言葉に小さく首肯したのみで、国包から目をそらさなかった。杯を膳におき、何かを考えて首をかしげ、やおら言った。

「一戸前どの、お訊ねいたしても、よろしゅうございますか」

「どうぞ」

国包は、さり気なくかえした。

「赤穂浪人の四十七人の討ち入りは、武士の忠義のふる舞いとみなが褒めそやすにもかかわらず、吉良どのや左兵衛義周どのを護《まも》るために戦い命を失った吉良や上杉の侍は、なぜ忠義の武士と称《たた》えぬのでしょうか。吉良邸の侍も、おのれを顧みず、命を惜しまず戦うて斬られたのです」

「確かに、そうだ。どちらも忠義のために命をかけた武士だ。赤穂浪人は忠義の武士と称えられても、吉良側の命を落とした武士を、忠義の武士とは誰も言わぬ。父親を護るために戦い、深手を負うた左兵衛義周どのは、討ち入りを防げなかった落ち度を咎《とが》められ、大石ら赤穂浪人が切腹を命じられた同じ二月四日、信濃高島藩の諏訪《すわ》家にお預けの身となっておられる。まるで、大石ら赤穂浪人の切腹とつり合いをとるかのようにだ。義周どのには気の毒な御公儀の処置であったと、言わざるを得ぬ。聞くところによれば、吉良家はこののちどうなってしまうのかと、城中でも噂になっておるそうだ」

「それは、伯父上も山陰どのも、感じておられることなのではありませんか。おそらく、御公儀は大石ら赤穂浪人の御霊の怨魂《えんこん》が祟り、疫病や災厄をもたらすことを恐れ、怨魂を鎮めるために義周どのにも咎めをくだしたのだと」

「御霊の怨魂だと？　いきなり何を言い出す」

「この夏から秋にかけて、越中《えっちゅう》や加賀《かが》、また江戸や陸奥《みちのく》において、大雨や洪水の天災がたびたび起こりました。米は不作となり、先月の十一月には、江戸が大地震に見舞われ、江戸の各町内にもお城にも被害が出ました。殊に、相模、安房上総はひどく、津波に襲われ、箱根は山崩れで道がふさがれ、箱根より東の東海道《とうかいどう》の宿場はほとんどが壊滅したと聞いております。江戸市中では、この天災地変は、大石ら赤穂浪人らの祟りだと流言が飛び交っております」

「御霊などと、埒もない。無知な者どものたわ言だ。天災地変は今年に限ったことではない」

「無知なたわ言であっても、御霊の祟りを信じ、疫病や災厄をもたらすことを恐れる多くの人々の心が、赤穂浪人をあと押ししたのです。元々、赤穂浪人と上野介どのとの戦いにおいて、上野介どのに勝目はありませんでした。浅野内匠頭ひとりが切腹し、浅野家が断絶になり、上野介どのがそのまま生き長らえていることは、無念骨髄にとおり泉下の恨みはもっとも千万と、赤穂浪人四十七人のみならず、江戸の多くの人々が思っていた。非業の最期をとげた浅野内匠頭の御霊を、赤穂浪人は放っておくわけにはいかなかった。よって、赤穂浪人は吉良邸に討ち入り、上野介どのの首をあげ、亡君の泉下の恨みをはらしたのです。すなわち、浅野内匠頭の御霊の祟りを信じ恐れる人々にとっては、同じ忠義に殉じた武士であっても、上野介どのを護るために戦った吉良側の武士は、御霊の恨みをはらす忠義の赤穂浪人を阻もうとした者にすぎません」

山陰は、赤らんだ顔を伏せ、沈黙した。膝においた節くれだった指が、袴をつかんで震えていた。

数之助が山陰の様子を気遣った。

「山陰どの、大丈夫でござるか。気分が悪そうですぞ。もっとも、御霊の祟りなどと、いきなり気色の悪い話をしかけられては、気分が悪くなるのも肯《うなず》けますがな」

「いえ。さようではございません。お気遣い、いたみ入ります」

顔を伏せた山陰は、数之助にかえすと、再び国包に向いた。

「一戸前どの、わが山陰一門は、上杉家中において、家柄が古いだけの、身分低き一門でござる。それがしは徒士頭にはなれぬ徒士組。ほかの縁者もみな、同じような身分低き者ばかりでござる」

山陰は深い息をつき、束の間の沈黙をおいた。

「わが縁者に、山陰甚左《じんざ》という者がおります。甚左は、父親を病で幼いころに亡くし、いろいろと事情があって母親は他家へ嫁ぎ、同じ山陰一門の普請組の家に引きとられ、養子縁組を結び、その家を継いでおりました。甚左は、子供のころから頭のよい子と知られておりました。が、何よりも健やかに育った身体の能力に優れており、十歳になる前より稽古に通っていた米沢城下の天道《てんどう》流道場において、師匠が驚くほどの技量を身につけ、それがいつしか城下でも評判になり、上杉家において、いずれ武芸者として山陰一門の名を高めてくれるのではないかと、親類中が甚左に望みを寄せておりました」

国包は、ためらいつつ話し始めた山陰の相貌を見やった。酒で赤らんだ顔に、長い年月が刻んだ皺《しわ》が目だっていた。

数之助と十蔵は、静かに杯を重ねていた。

六

上杉家は、戦国の世の名高き武将・上杉謙信《けんしん》より、武芸を重んじる家柄として知られてきた。しかしながら、大坂城落城の豊臣《とよとみ》家滅亡以来、天下は九十年におよぶ太平が続いて、武門の誉れ高い上杉家であっても、武芸さえ優れていれば、という世ではなくなっていた。

家柄、血筋、先祖よりの身分が重んじられ、おのれの技量ひとつでおのれの道をきり開くことはむずかしかった。

身分の低い家柄に生まれた者は、低い身分のまま一生を終える。

若くして城下で名が知られるほど武芸に優れていても、甚左に上杉家の剣術指南役や武芸師範役へ就く機会など、あるはずもなかった。

甚左は、二十歳をすぎて養父の番代わりをして普請組に登用された。二十代の半ばをすぎて妻を迎え、二年半後に娘ができた。さらに二年後、甚左のあとを継ぐ倅ができ、隠居の養父母、妻と子の平凡な一家を営み、坦々《たんたん》と変わらず続く日々を送って、それは、三十五、三十六と歳を重ね、三十七歳になった去年の春であった。

ある日、甚左は普請組の組頭に呼ばれ、子細を知らされぬまま殿中の国家老の用部屋へとともなわれた。用部屋に家老はおらず、家老に仕える用人が甚左と対面し、武芸について詳しく訊かれた。

その日は、事情はわからずこたえて退ったが、その三日後、甚左は、急遽《きゅうきょ》江戸へ発《た》って、幕府高家筆頭役を務めていた吉良上野介の隠居後、家督を継いだ左兵衛義周の近習として仕えるように、指図を受けた。

国元の山陰家の普請組の家禄は従来どおりのうえ、吉良邸に義周近習として仕える役料の五両三人扶持が新たにくだされた。

左兵衛義周は上杉家四代当主・綱憲の次男で、吉良家へ養子に入って吉良家を継いでいた。上杉綱憲は上野介の長男・三之助が養子となって上杉家を継いだのであり、すなわち、義周は上野介の孫にあたった。

その前年の元禄十四年の春三月十四日、江戸城松之大廊下にて、浅野内匠頭が高家筆頭の吉良上野介に斬りつける刃傷《にんじょう》事件が起こった。浅野内匠頭は即日切腹、赤穂浅野家はおとり潰《つぶ》しと相なった。

同年四月十九日に赤穂城が明けわたされたのちほどなく、浅野家の家老であった大石内蔵助を領袖《りょうしゅう》とする一部の赤穂浪人が密《ひそ》かに盟約を結び、亡君の遺恨をはらすため、吉良上野介を討ち果たすという噂が、江戸市中に公然と流れ始めた。

「亡君の遺恨をはらしてこその侍じゃねえか。赤穂の浪人が、吉良上野介を討たねえわけがねえ」

と、赤穂浪人の亡君の敵討ちが侍なら当然のふる舞いであるかのように、江戸市中では言い交わされるようになっていた。

その年の八月十九日、お役御免になっていた吉良上野介の鍛冶橋《かじばし》内の屋敷が召し上げられ、隅田川《すみだ》を越えた江戸郊外の本所一ツ目相生町二丁目の北へ移ったとき、これは御公儀が赤穂浪人に吉良上野介を討てと暗に言っているようなものだ、いよいよそのときがきたぜ、とそれも江戸市中の噂にのぼった。

吉良家では、赤穂浪人らの敵討ちの噂に十分警戒はしていたが、吉良上野介の長男で上杉家へ養子として迎えられ上杉家君主となった綱憲も、上野介の身を気遣うとともに、吉良家の養子にした自身の次男・左兵衛義周の身を案じ、義周の近習には上杉家の家臣をつけていた。

　年が明けた元禄十五年、赤穂浪人の吉良邸討ち入りの噂は絶えず聞こえ、いよいよ大将の大石内蔵助が江戸へ下《くだ》るらしいという話も伝わってきていた。

　上杉家では用心のため、義周の近習をもうひとり増やすことに決めた。

　普通、近習は相応の家柄の者に限られるが、赤穂浪人の吉良邸討ち入りの噂のある事情を考慮し、新たにつける近習は家柄よりも剣術の技量を優先し、甚左の義周近習役が決まったのだった。

　突然、甚左の運が開けた。国元では名の知られていた甚左の武芸が、役だつときが廻ってきたのである。

　甚左が本所の吉良邸に入ったのは、元禄十五年の春の終りだった。

　左兵衛義周つきの上杉家の侍は、近習の新貝弥七郎、山吉新八、中扈従《ちゅうこじゅう》の村山甚五右衛門の三人だった。

　そこへ新たに、米沢城下屈指の使い手と評判の甚左が加わったのである。

　それから、去年の十二月十五日の、赤穂浪人の吉良邸討ち入りまで、甚左がどのようなお勤めを果たしていたのか、詳しいことは国元におりましたわれらにはわかりませんでした。われら山陰一門の者は、甚左の出世を喜び、自慢に思っていただけでございました。

むろん、赤穂浪人の噂は、米沢にも聞こえておりました。

だとしても、そのような事態が起こったとすれば、そのときこそ山陰一門の甚左の腕の見せどころとすら、思っておりました。

米沢の両親と妻に手紙は寄こしておりましたが、おそらく、どのようなお勤めかは内密にするようにとお指図を受けておったのでございましょう。詳しくは、書かれておりませんでした。

あとで聞かされたところでは、甚左は、江戸市中に居住しておった赤穂浪人らの動きや、吉良邸討ち入りの謀議がまことに行われているのか、吉良邸討ち入りの謀議がまことならば、それがいつ決行されるのかを探る密偵の役割を、義周さまより命じられておったようでございます。

それもあとで聞いたのでございますが、どうやら甚左は、赤穂浪人の動静を密かに探り出し、大石内蔵助が江戸に入ったことをつかんでおりました。

大石内蔵助が江戸に入ったのは十一月五日。大石は垣見五郎兵衛《ごろべえ》、倅の主税は垣見左内と名乗って、日本橋の石町《こくちょう》の裏店を借りておったのでございます。のみならず、赤穂浪人が五十人余という人数も、つかんでいたらしく、そこまでわかっておって、吉良側はなぜ、赤穂浪人の討ち入りをあれほど易々《やすやす》と許したのか、もはや討ち入りは明らかと見なし、百人を超える手勢が備えを固めておれば、吉良側のかえり討ちも考えられたと、思えてなりません。

さよう、不覚をとるというのは、そういうことかもしれません。

のちほど、討ち入りの詳しい顚末《てんまつ》を教えられ、まさか吉良側がそれほどの為体《ていたらく》だったとは、驚きかつ呆《あき》れました。あたり前の用心さえすればよいものを、いつくるかいつくるかと待つうち、気がゆるみ、赤穂浪人の討ち入りはもうないのではないか、たとえ討ち入ってきたとしても、これだけの手勢をそろえていれば不覚をとりはしまいと、おのれの都合のいいふうに考え、高をくくり、油断し、そうしてそのときがきて、なす術《すべ》もなく打ち破られたのでございます。

赤穂浪人の吉良邸討ち入りと吉良上野介さまが討たれた知らせが、米沢のわれらの下に届きましたのは、十二月下旬のだいぶ押しつまったころでございました。人伝《ひとづて》に聞いたのみにて、お城からのお沙汰《さた》はございませんでした。かかり合いはあっても、表だっては上杉家に影響のおよぶ事柄にはあらず、甚左の安否もわからなかったのでございます。

それでも、今にお城から何かのお沙汰があるであろうと思っておりましたのに、年が明けてもお沙汰はなく、子細のわからぬ状態で日がすぎてゆくのが、かえって気の重いことでございました。

甚左の安否が知れましたのは、江戸において赤穂浪人の切腹があって、同じく左兵衛義周さまが信濃高島の諏訪家へお預けとなったとの知らせが、米沢にも伝わった二月上旬でございました。

それ以前には、左兵衛義周さまが重き疵を負われ、上杉家より義周さまにつけられていた新貝弥七郎どのが落命し、同じく山吉新八どのも重傷を負われたと、城下には伝わっておりました。

しかしながら、村山甚五右衛門どのとわが一門の山陰甚左の安否の知らせは、やはりなかったのでございます。

まさか、そんなことがあるはずはない、甚左に限ってと思っておったのですが、その二月の朝、隠居をしておりました甚左の養父と山陰一門の主だった者どもが、御目付役のお呼び出しを受けたのでございます。

山陰一門の長老のひとりであるわたしも、その中におりました。

お呼び出しは、村山甚五右衛門の一門の者も受けており、両家の者は、御目付役の御用部屋の次の間に控えさせられ、御目付さまより、赤穂浪人吉良邸討ち入りの顚末と、左兵衛義周さまつきの村山甚五右衛門ならびに山陰甚左の両名は、赤穂浪人の討ち入りの折り、義周さまをお護りせず吉良邸より逃走いたし、未だ行方知れず、と知らされたのでございます。

いきなりの呼び出しは、その始末のご沙汰なのでございました。

いやはや呆れました……

村山甚五右衛門と甚左の従来の家禄は、子細が明らかになるまで召し上げと伝えられました。子細が明らかになったのち、新たに沙汰をすること。また、甚五右衛門並びに甚左の一家の者は、沙汰あるまで謹慎を申しつける、というご沙汰でございました。

城から戻り、甚左の養母と妻に事の次第を伝えますと、二人は声を放って泣きましてな。それに幼い子供らも一緒になって泣き出し、見ていられぬあり様でした。しかし、われらにも他人事《ひとごと》ではございません。このまま放っておくと、山陰一門にも厳しきご沙汰がくだされるかもしれず、どうしたものかとみなで相談したのですが、甚左の行方が知れぬのですから、誰にも妙案などなく、手を拱《こまね》いておるばかりでございました。

当然のことながら、上杉家では、甚左と村山甚五右衛門をこのままにしてはおけぬ。二人を捜し出し、事情経緯《いきさつ》を質したうえで断固たる処罰をくださねば、武門の面目が施せぬ、とお考えになるのは、もっともでございます。

そして、われら山陰一門の者が再び、御目付さまのお呼び出しを受けたのは、四月になってからでございます。

その折りは村山家の者はおらず、われらだけでございました。

そこで、伝えられたのでございます。甚左が江戸にいる赤穂浪人らの動静を探る密偵の働きをしており、じつは、甚左は赤穂浪人の吉良邸討ち入りが十二月十五日とつかんでいた。にもかかわらず、義周さまにそれを伝えなかったばかりか、赤穂浪人どもに心を寄せ、吉良邸より行方をくらまし、むしろ、赤穂浪人側に寝がえって討ち入りを助けた疑いあり、とでございます。

なんたることでございましょう。おのれの命を顧みず戦うべき役目を投げ捨てたのみならず、甚左は、君臣の道にそむく不義を働いた者なのでございます。

それは、上杉家の密偵が、討ち入り後に逃亡した甚左と偶然会い、本人の口からそういう事情を聞いたという者より探り出した、確かな話だそうでございます。その話が諏訪家にお預けの義周さまに伝わり、義周さまは、甚左は許せぬ、甚左を斬り捨てよと、涙ながらに仰ったそうでございます。また、それをお聞きになった綱憲さまも激怒なされ、甚左は上杉家の名折れであり、甚左を早々に見つけ出し打ち首にすべし、と命じられたのでございます。

御目付さまによりわれらは、殿さまのお言葉として、山陰一門の名は恥辱にまみれた、上杉家に山陰一門の名を残すことを願うならば、山陰一門の者の手で恥辱をはらし、自ら汚名を雪《そそ》げ、と申しつけられたのでございます。

その夜、一門のすべての男女、隠居らが会し、甚左をわれらの手で討つことを申し合わせ、討手の人数がその場で決められました。

討手は三人。一門の中の一番の腕利きに決まりましたが、甚左は米沢城下屈指の使い手と言われておりましたゆえ、ひとりでは万が一縮尻ってはと、さらに二人が加わり、甚左の養父とわたしが三人を率いて江戸へ出立いたすことになったのでございます。

江戸へ出て、高田政直さまにお会いいたしました。まず、甚左の行方を捜し出さねばなりません。御目付さまに、江戸上屋敷の綱憲さまお側衆の高田さまに相談するとよいと、助言をいただいたのでございます。

元々、殿さまにお目通りのかなわぬ身分低き者でございますが、高田さまはわれらに同情を寄せてくだされ、綱憲さまは表向きは厳しく仰っているが、ご本心は山陰一門が汚名を雪ぐことを願っておられ、できる限り助勢いたすようにと命じられていると、申されたのでございます。

高田さまには、われらが上屋敷の長屋で寝泊りできるようにとり計らっていただきましたし、甚左の探索にも、町家の顔利きや町奉行所の協力を得られるよう、いろいろと手を打っていただいたのでございます。

甚左の行方がようやく知れたのは、先月のことでございます。

品川の地廻りの差し口があって、甚左は、南品川宿の南馬場町《みなみばんばまち》の池上《いけがみ》道とか申す往来から、路地へ入った裏店に潜伏しておりました。大石内蔵助が江戸へ入る時期を探るため、顔見知りになった宿場の顔役がおり、その者の世話になっておったのです。

ただし、吉良家の家臣の素性を隠していたそうでござる。江戸では、吉良家の者と申すと、やくざや無頼の者の間ですら、人気がないそうでございますな。

裏店は割長屋で、後ろは海蔵《かいぞう》寺という寺の境内になっておりました。

路地へ入る木戸口を上杉家の加勢が固め、わたしと養父と一番の腕利きの者が路地側の表戸から押し入る。あとの二人は裏手を押さえ、裏へ逃げ出したら、そこを討ち果たす手はずにいたしておりました。むろん、老いぼれではありましても、わたしも養父も戦う気でおりましたし、まさか養父は斬らぬであろう、養父に怯んだ隙をついてと、甘い考えを持っておりました。

もし甚左が望むなら、腹をきらせてやろうなどとも話し合って、とも角、どこまでもおのれらの都合のよいように考えておりました。

夜ではなく昼間にしたのは、夜陰に紛れ、とり逃がすようなことがあってはならぬと、思ったからでございます。

ところが、とり逃がすも何も、われら五人では歯がたたなかったのでございます。身内の者ゆえ、かえって気づかなかった。米沢城下で屈指の使い手と評判だった甚左を相手にするときの、恐ろしさをでござる。

あのとき、わたしと養父は、不忠者、何ゆえ義周さまに不義を働いた、と甚左を質しました。すると、甚左は、お許しくだされ、こうするしかなかった、とこたえました。養父が、山陰の名に汚名を着せた不忠者、武士の名折れ、腹をきれ、と喚きましたが、それからあとのあり様は定かには思い出せません。

ただ、一番の腕利きが一刀の下に斬り伏せられました。その者は翌日、手あての甲斐なく落命いたしました。裏手から入った二人も、たちまち手疵を負い、狭い店に血まみれになって転がって動けなくなる始末でございました。

甚左は、木戸口を固める上杉の加勢を見て、裏手の寺の境内から姿をくらましました。養父とわたしを捨てて、逃げ去ったのでございます。

こうするしかなかったと、覚えておるのは、それだけでございます。

ですが、そのひと言で、わたしと養父には、甚左の不義が確かであることが、知れたのでございます。

わたしと養父は、路地に坐りこんで、しばらく動けませんでした。

われらが斬られなかったのは、情けないことに、老いぼれ二人は怯《おび》えて震えておったからでございます。

甚左の養父は、落命いたした者の位牌《いはい》と手疵を負うた二人とともに国元へ一旦《いったん》戻り、山陰一門の者を再度集め、新たな討手を誰にするか、何名連れてゆくか、選んでおるはずでございます。

しかし、殿さまのご命令どおり、このまま山陰一門の者だけから討手を差し向けておりましたならば、今に山陰一門の男は絶えてしまいます。

わたしは江戸に残り、高田さまに、こののちいかがしたものかと相談いたしておりましたところ、助《すけ》っ人《と》、すなわち刺客を頼むという手だても考えねばと、高田さまが仰ったのでございます。将軍さまお側衆のお家柄で、今はご隠居なさっておられますが、友成家の数之助さまならば、よい知恵をお貸しくださるかもしれぬ、とうかがったのでございます。

刀工・武蔵国包どののお名前は、米沢にも聞こえておりました。京は山城の来派の流れを汲む、江戸の名工とでございます。名刀を帯びる身分ではございません。ただ優れた刀鍛冶と、お名前をうかがっただけでございますが。

武蔵国包どのが優れた刀鍛冶であるばかりでなく、技量、胆力、性根、品格において抜群の武芸者という評判があり、どうやら友成さまに所縁のあるお方らしい、と高田さまよりうかがいました。そのような役目は、腕利きでさえあれば誰でもいいというわけにはいかない。武士の面目を知り、武士の一分を腹に据えている者でなければならぬ。友成さまに武蔵国包どののことを、うかがってみよう、力添えを頼めるかもしれぬ、とでございます。

山陰は、国包に頭を垂れて言った。

「よって今宵、友成さまのおとり計らいにより、武蔵国包どの、あいや、一戸前国包どのとお会いいたす機会を作っていただいたのでございます。わざわざご足労いただきましたこと、山陰一門の者に成り代わり、心よりお礼を申しあげます。一戸前どの、甚左の、ぎ、技量は、並大抵のことではございません。太刀筋がどうのこうのと、わたしには申せません。だが、とも角、凄《すさ》まじい。これだけは間違いなく申せます。われら一門の中に、甚左を倒せる者はおりません。われらでは無理だ。一戸前どの、何とぞお力添えをお願いいたしたい」

と、畳へ手をつき頭をいっそう深々と垂れた。胡麻塩《ごましお》の薄くなった髷が、右に左に震えた。山陰は酔い、今にも倒れそうに見えた。

しかし、国包は驚かなかった。隣りの十蔵も、静かに山陰を見つめている。

何とぞ、わが山陰家の苦境をお救いいただきたい。このとおり……

と、山陰は独り言のように呟きつつ、さらに二杯三杯と杯を重ねた。

国包は沈黙し、山陰の気持ちが落ち着くのを待った。隣りの十蔵も沈黙を守り、ただ静かな、頼もしげな吐息が聞こえていた。

国包と数之助の目が合った。数之助の酔眼が、かすかに笑みを浮かべて震えていた。まあ、そういうことだ、と言っているように見えた。

七

四半刻後、国包と十蔵は、数之助と若党に見送られ、玄関を出た。

数之助が国包を玄関まで見送るのは、珍しいことであった。

山陰久継は、傍《はた》で見ていてもそうとわかるくらいに度を越してすごした挙句、国包にすべてを言い終らぬうちにぱたりと倒れ、前後不覚に陥り、苦しげな喘《あえ》ぎ声のような鼾《いびき》をかき始めた。

武士にあるまじきふる舞いだが、数之助はそれを責めなかった。

「夏から半年、慣れぬ江戸暮らしのうえに、この歳で腰を抜かすほどの恐ろしい目にも遭った。山陰一門の先のことを思いあぐねて、余ほどの屈託を抱えているのだろう。無理もない。もう盛りをすぎた侍なのだ。かまわぬから、このまま寝かしておいてやれ」

と、若党に風邪をひかぬよう、上にかける物を持ってこさせた。

数之助は玄関の寄付に佇んで、顎に片手をあて、国包と十蔵が玄関の庇下に立つのを見守っていた。亀の甲羅をかついだような背中よりもたげた、しみが浮いて皺だらけの顔が、何やら物思わしげに国包のほうへ向けられていた。

手燭《てしょく》を持った若党が、数之助の傍らに控えている。

「伯父上、馳走になりました。今宵はこれにて……」

国包と十蔵は並んで、式台上の寄付の数之助へ辞宜をした。

「妙なことになってしまったが、仕方がない。もう少しつめた話を山陰から聞いて知らせる。また使いを出すので、顔を出してくれ。だが、あの年寄りがおまえに何を頼みたいのかは、わかっただろう」

「はい。十分、承知しております」

数之助は、ふむ、と頷き、何か言いたそうな沈黙をおいた。一度、首をかしげて目をそらせ、再び国包へ向け、「ただな、国包……」と呼びかけた。

「この役目、わたしに気を遣って、無理に引き受けなくともよいぞ」

国包は黙って数之助を見つめた。

「上杉綱憲さまには、城中でお目通りをいたしたことがある。お声をかけていただいた。高田政直どのとは、お上にお側衆としてお仕えする者同士として気が合い、長いつき合いだ。お互い、七十すぎの老いぼれ同士でもあるしな。高田どのの話を聞いたときは、国包ならよかろう、高田どのにも上杉家にも貸しができるし、とつい気安く思うてしもうた。山陰どのの今の話だと、簡単な相手ではない。いや、容易ならぬ相手だ。これは拙《まず》いと気づかされたよ。国包、この話は断っても差しつかえはいっさいない」

国包はこたえなかった。黙礼を投げ、やおら、一歩を踏み出したところで、寄付の数之助へ向きなおった。

「伯父上、山陰甚左が臆病風に吹かれ、吉良邸を逃げ出したとは思えません。甚左はおのれの命を惜しんで、武士の忠義を捨て国元に残した妻や子を捨て、裏ぎり者の汚名を着てでも、こうするしかなかった、と言ったこととは、なんだったのでしょうか」

「こうするしかなかった？」

数之助が繰りかえした。

「もしかすると甚左は、浅野の臣下の一割五分余にすぎなかった赤穂浪人四十七人の忠義ではなく、忠義を捨てて逃げ出した吉良側の一割なにがしの不忠者の立場から言い換えれば、忠義を捨ててでも不義を働くしかなかった武士の子細を抱えていたと、言えるのではありませんか。伯父上、忠義だけが武士のふる舞いを決める子細でしょうか」

「元禄の世の武士に、忠義以外の何かに守る値打ちがあるのか」

「わたしにはわかりません。しかし、忠義はひとつですが、不義の理由は人それぞれにあって、ひとつではないのでは……」

数之助は寄付に佇み、黙って国包を見守った。

「伯父上、山陰どのが目覚めたらお伝えください。この仕事、お引き受けいたしますと。どのような手はずでいかれるのか、お知らせいただきたいと」

「国包、やるか」

「甚左の抱えていた子細が、知りたくなりました。武士の不義に、何か値打ちがあるのか、それとも何もないのか、知りたくなりました」

「ふむ。親父さまを思い出した。親父どのの友成包蔵なら、言いそうなことだ。十蔵、おまえはよいのか」

「御意《ぎょい》。それがしは旦那さまとともに」

「主も主だが、郎党も郎党だな。頼もしいな」

では、と国包と十蔵は一礼し、玄関先より踵をかえした。

国包と十蔵は、永田町から霞ヶ関、山下御門をくぐった。土橋を渡って、お濠端の河岸通りを、京橋南の弓町へと戻っていった。

凍《い》てつく夜空に星がきらめいていた。

十蔵の提げる提灯の明かりが、濠端の柳並木と暗い水面《みなも》を淡く照らした。曲輪《くるわ》の石垣と白壁が、お濠ごしに黒い影をつらねている。

お濠の暗い水面に魚の跳ねる音が、二人が交わす静かな会話の邪魔をした。

すると、そうでした、と十蔵が話を変えた。

「迂闊《うかつ》でした。たった今、思い出しました。旦那さま、それがし、川井太助の名を聞いた覚えがあります。先ほどの酒の場で、赤穂浪人の話が出ていたときから、引っかかっておったのです。川井太助は、赤穂浪人ですぞ」

「赤穂浪人？　川井太助が赤穂浪人なのか」

「はい。討ち入りの四十七人の中に名はありませんでしたが、大石内蔵助を中心に盟約を交わした赤穂浪人の中に、確か、川井太助の名があったと、聞いた覚えがありますぞ。珍しい名ではありませんので、どこかで聞いたことがあるような、というぐらいにしか覚えておりませんでした」

「そうなのか。ならば、杉沢吉左衛門と名乗って打刀を注文したのは、川井太助なのかもしれぬのだな」

「そうかもしれませんな」

国包は考えこんだ。

「ならば。杉沢の言った長い旅に出る仕事というのは、吉良邸の討ち入りか」

「さようですな。武蔵国包の一刀を帯びて、吉良邸に討ち入る存念だったのでしょうかな。仲間に刀の自慢ができると、言うておりました。仲間とは、赤穂浪人のことになりましょうかな」

「十蔵、川井太助の名は誰から聞いた」

「旦那さまにお仕えする前、河岸場の人足やら、町家の下働きなど、いろんなことをやって食いつないでおりました。清順が生まれる前のころでござる。読売屋の手先と用心棒をかねたような仕事も、しばらくやっておりました」

「ほう、読売屋の手先と用心棒をかねた。そんなこともやっていたのか」

「やっておりました。読売屋は、人から恨まれたりもしますのでな。いかがわしい仕事でございましたな。はは……」

二人は夜道に笑い声をこぼした。

「それがしが使われていたその読売屋と、去年の秋、茅場町の伊勢屋へいった戻りに、偶然、出会ったのです。懐かしいな、どうしていた、歳をとったな、などと話がはずみ、茅場町の蕎麦《そば》屋で酒を呑みました。読売屋はそれがしより十ほど歳が下で、そのときもまだ読売屋をやっておりましたが、赤穂浪人の吉良邸討ち入りがどうだこうだと、しきりに気にしておりました」

「それはそうだろう。赤穂浪人の吉良邸討ち入りは、売れる読売種《ぐさ》に違いない」

「その男は、討ち入りの盟約を交わした赤穂浪人の名を、すべてつかんでおり、ひとりひとりの名を早口で、さも自慢げに並べてゆくのです。その名の中に確か、川井太助の名がありました。それを、今、思い出しました。そうです、川井太助の名を、そのときに聞いたのです。間違いございません」

「すると、由良は川井太助の妻、赤穂の女なのだな。ということは……」

国包は暗いお濠へ目を投げ、呟いた。

「討ち入りをした赤穂浪人の中に夫の名が見あたらず、討ち入りに加わらなかった夫を捜し求めて江戸に出てきた、というわけだな」

「そういうことに、なりますな」

「武士の忠義のために吉良邸に討ち入り、切腹して果てるはずだった夫が、討ち入りに加わらなかった。夫は不忠者となって姿をくらまし、どこかに生きている。地獄宿に身を落としてでも、由良はその夫の行方を捜し求めている。そこまでして夫の行方を捜し求める由良の狙いは、なんだ。由良は、川井太助に会って訊ねたい子細があると言っていた。それのみにてと。訊ねたい子細とは、討ち入りに加わらなかった理由《わけ》か。しかし、今となって、それを質してどうなる」

「もしかすると、山陰どのの場合と同じように、一門に汚名を着せた不義の夫を、女ながらに討ち果たす所存かもしれません。そうならば、赤穂浪人の妻として夫の行方を捜し求める意味があります」

ふむ、と国包は物憂げに頷いた。

「夫を斬って、自分も自害して果てるのか。十蔵、川井太助を捜してやれぬか。その読売屋に訊ねれば、手がかりが見つかるかもしれぬ」

「由良が川井太助に会えたとしても、むごい顚末になるだけかもしれませんぞ」

「そうなるだけかも、しれぬな。だが、十蔵、由良は今のほうが、もっとむごい地獄に生きているのではないか」

「ああ、さようですな。せめて、今の地獄を終らせてやったほうがいい。お節介かもしれませぬが……」

明日早速、と十蔵は物憂げに言った。

二人の会話が途ぎれた。

お濠の暗い水面にまた魚が跳ねた。堤道の先の数寄屋河岸の暗がりに、風鈴蕎麦の屋台の明かりが見えた。風鈴の音が聞こえた。

「十蔵、蕎麦を食っていこう」

国包は、重たい気を払って言った。


本所二ツ目の通りを竪川から南へとって、小名木《おなぎ》川に架かる高橋《たかばし》の手前の西側に常盤町がある。

本所から深川へかけたこの辺は、二ツ目の通りに沿って町並みはできているものの、大名の下屋敷のほかに家禄の低い御家人の貧しい屋敷がつらなっている以外は、町家とは名ばかりの明地《あきち》と藪、小さな畑などに覆われた、江戸の場末の人気《ひとけ》のない土地だった。

深川の築地《つきじ》ができ、猿江町《さるえちよう》の材木商らが移って、水路を縦横に廻らした広大な材木置場ができたのは、一昨年の元禄十四年である。

夜になれば、漆黒の闇に包まれた通りで出会うのは幽霊か辻斬りぐらいである。

それでも、高橋の北側袂《たもと》の常盤町に、伏せ玉一切れ二朱の岡場所があった。

この岡場所の客筋は、貧乏御家人の嫁も迎えられぬ部屋住みや、大名屋敷の長屋住まいの勤番侍などが多く、夜が更けるにつれ、外泊の許されない侍が、束の間の戯れに耽《ふけ》った常盤町の女郎屋を出て、新大橋のほうや竪川の本所の方面、高橋を渡った深川へ帰路につく姿が見られた。

まれに往来の辻に風鈴蕎麦が出て、湯気と寂しい風鈴の音を冬の夜空へのぼらせている。

さっきまで、暗い通りに見送った客の侍とじゃれ合っていた女郎が、手拭を吹き流しにかぶって、風鈴蕎麦の屋台へ小走りにやってきて、「おお、さぶ……あられを頂戴」と震えながら、おやじにあられ蕎麦を頼んだ。

屋台には同じ女郎屋の女が先にいて、蕎麦をすりながら、

「やっと帰ったかい」

と、さばさばした口調で話しかけた。

「うん、帰った。ちょっと疲れた。あの人、長いから」

「馴染《なじ》みになってくれるのはありがたいけど、ああ、しつこいとちょっとね……」

「お客だもの、我慢しなきゃあ。仕方がないよ。案外、人はいいんだよ。内職の提灯張りがつらいって、愚痴を聞かされてさ」

「内職に提灯張りをやってるのかい。近ごろのお侍も大変だね」

「大変だよ。明日までに幾つ仕あげなきゃあって言ってた。槍《やり》ひと筋じゃなくて、

提灯張りひと筋さ」

「提灯張りをやっても、二本差しの体裁はつくろわないといけないし。ねえ、おやじさん」

女が蕎麦屋のおやじに言いかけ、「そうだね」とこたえたおやじが、

「へい、あられ蕎麦、お待ちどおさん」

と、湯気ののぼる碗を吹き流しの女へ差し出した。

二人の女は、屋台の提灯の明かりの中で、音をたてて蕎麦をすすった。

「そうそう、吉見屋《よしみや》のお常《つね》さん、身請け話が進んでるんだってね」

片方の女が、湯気を吹きつつ言った。

「え、お常さんに？　相手は誰さ」

吹き流しの女が、蕎麦を呑みこんで訊きかえした。

「中之郷瓦町《なかのごうかわらまち》の尚助《なおすけ》って瓦焼の職人、知ってる？」

「知ってる。あの色の黒い……」

と、吹き流しが言ったときだった。

本所の竪川のほうへゆく往来の先から、突然、夜の静寂をきり裂くような鋭い悲鳴があがった。

二人の女は箸《はし》を止め、顔を見合わせた。

「何さ、今の」

二人はそろって、悲鳴のあがったほうへ顔を向けた。屋台のおやじも、不審そうな顔つきを向けている。

「男の声だったね。辻斬りじゃないのかい」

近ごろ、本所や深川で辻斬りが出ると、噂が流れていた。

「まさか。こんな往来で」

と言っても、往来の先は夜の帳《とばり》に包まれ、真っ暗である。

吹き流しともうひとりは、碗と箸を手にしたまま屋台から離れ、暗がりへ目を凝らした。すると、「なんだ」「どうした」と人の声が暗がりで言い合い、続いて、

「辻斬りだ。辻斬りが出たぞ」

と、怒鳴り声が聞こえた。

「やっぱり」

「いやだ。だったら、うちのお客さんじゃない？」

吹き流しが、不安そうに言った。

声を聞きつけ、高橋のきわにある自身番から、数人の町役人らが提灯を提げて走

り出てきた。町役人らは女たちの前をけたたましく草履を鳴らして駆け抜け、やがて、提灯の明かりが一町ほど先の六間堀町《ろっけんぼりちょう》あたりの道を照らした。

道に倒れた人らしき黒い影が見えた。人影が帯びている刀の影もわかった。

「お侍だね。いってみるかい」

女のひとりが言い、

「やだよ。恐いよ」

と、吹き流しはかえしつつ、碗と箸を手にした恰好で人だかりのほうへ走り出した。

第二章　辻斬り

一

一昨日の夜更け四ッ半（午後十一時頃）すぎ、材木石奉行配下手代役の御家人・水木了助《みずきりょうすけ》の弟で、水木家やっかいの幸次郎《こうじろう》が、二ッ目通り六間堀町の辻《つじ》で辻斬りに遭った。

幸次郎は、常盤町の岡場所より本所の屋敷へ戻る途中に襲われ、袈裟懸《けさがけ》のひと太刀を背中に浴び、その場に倒れ絶命した。

知らせを受けた南町奉行所の当番方が出役し、亡骸《なきがら》の検視と現場の調べ、常盤町の岡場所や水木家の訊《き》きこみの結果、幸次郎斬殺《ざんさつ》は、夏より本所と深川で連続して起こった四件の辻斬り事件の、五件目に相違なしと断じられた。

事件から二日後の朝、鍛冶橋御門内の南町奉行所に、松平隠岐守《まつだいらおきのかみ》三田《みた》中屋敷に勤番する平山伝右衛門《ひらやまでんえもん》という侍が、町方同心の尾崎忠三郎《おざきちゅうざぶろう》を訪ねた。

尾崎は南町奉行所の掛《かかり》のない平同心だが、本所と深川で連続して起こっている辻斬り事件の掛を命じられていた。

平山は奉行所表門の番所で、「本所深川の辻斬りの一件にかかり合いの事柄ゆえ、掛の方におとり次を……」と申し入れ、折りよく、訊きこみに出かける前だった尾崎と面談することができた。

平山は、同心詰所の次の間に通され、尾崎忠三郎と対座した。


松平隠岐守三田中屋敷は、一年前、吉良邸討ち入り後の赤穂浪人四十六人のうちの、大石主税を始め十人がお預けになった大名屋敷であった。

大石内蔵助ら十七人は細川越中守高輪下屋敷、岡嶋八十右衛門《おかじまやそえもん》ら十人が毛利甲斐守《もうりかいのかみ》麻布《あざぶ》上屋敷、間十次郎ら九人は水野監物《みずのけんもつ》三田中屋敷へお預けになっていた。

上役より赤穂浪人の掛を命じられた平山伝右衛門は、赤穂浪人らが切腹を命じられた二月四日までのおよそひと月半、世話役を務めたのだった。

平山は、世話役として赤穂浪人と毎日接するうち、世話役の務めだけではない親しみを赤穂浪人らに覚え始め、彼《か》の者らも平山へ気安く言葉をかけてくるような、そんな間柄になっていった。

殊に、まだあどけなさの残る大石主税や、四十七人の中で一番の腕利きと評判の高い堀部安兵衛や、吉良邸に一番乗りしたと伝わっている大高源五らとは、人柄にも感じ入り、様々に会話がはずんだ。

中でも、不破数右衛門という侍がいて、不破は話し好きの気性らしく、平山にいつも向こうから先に、何くれと話しかけてくるのだった。

不破は、生来の乱暴者のため主君・浅野内匠頭の不興を買い、浪人の身に落ちていたが、決して忠義の心は忘れず、浅野内匠頭の切腹と浅野家おとり潰《つぶ》しののち、亡君の恨みをはらす吉良邸討ち入りの盟約に、なんとしてもおのれも、と加わった経緯《いきさつ》を、少々誇張と自慢をまじえているのは感じられながらも、まるで武勇伝のように語って聞かせ、平山を飽きさせなかった。

不破の話に何よりも凄《すご》みを感じさせられたのは、吉良邸で斬り合った様をつぶさに語ったときだった。

二刀は帯びていても、人を斬ったことのない平山は、赤穂浪人の中では、堀部安兵衛と不破数右衛門だけが以前に人を斬った覚えがあり、不破が怯《ひる》みを見せる赤穂浪人らを励まし、刀が《ささら》のようになるほど吉良邸の侍らと打ち合い、斬り廻《まわ》った顛末《てんまつ》を聞き、背中が粟《あわ》だつほどの凄みを覚えた。

ただ、堀部安兵衛は高田馬場《たかだのばば》の一件がよく知られていて、侍としての評判も悪くはなかったが、不破数右衛門については、あまりいい噂は聞いていなかった。

不破は、吉良邸討ち入りの自慢話はよくやった。しかし、吉良邸討ち入り前に人を斬った覚えについては、どこで、誰を、どのような事情で斬ったのか、それは話さなかった。

元禄十六年の一月の晦日《みそか》が近くなったころ、二月早々に赤穂浪人の御仕置の老中奉書が、赤穂浪人預かりの四家へ遣わされるという話が伝わってきた。

平山はそれを、赤穂浪人たちへ伝えたくはなかった。

しかし、上役や朋輩《ほうばい》らとの協議の中で、いきなりよりも、それとなく伝えておいたほうがよいのではないか、ということになり、平山は一番歳の若い大石主税にその話をさり気なく伝えた。

大石主税は、若い顔を紅潮させ、唇を嚙《か》み締めて力強く首肯した。その場に、たまたま堀部安兵衛もいて、堀部安兵衛は、

「さようか。いよいよでござるな。これでようやく、われらの望みがかないます。侍として全うできることは、このうえない幸せに存じます。来世での自慢話にいた

します。様々なご配慮をいただき、お礼を申しあげます」

と笑みを浮かべて言い、平山は胸を締めつけられた。

不破数右衛門が平山にその話をしたのは、翌日の一月の晦日であった。

「平山どの、主税さまよりお聞きいたしました。お世話になりました。あなたのお陰で、よきときがすごせました。もとより、今生に未練などありません。しかしながら、本当にこれで最後だと思うと、やはり少し寂しいものですな」

不破はそう話しかけ、気だるげな笑みを寄こした。

「それで、もうときが残されておりませんので、未《いま》だし残している肝心な話を平山どのにお聞きいただきたいのです。よろしゅうござるか」

「どうぞ。お聞かせください」

「ありがたい。他人《ひと》の昔話ほどつまらぬものはないとは知りつつ、さりとて、自分ひとりの腹に仕舞って旅だつのも心残りなのです」

平山は、赤穂浪人らへのこれまでの親しみを裏ぎったような後ろめたさに捉《とら》えられていたため、肝心な話、という不破の言葉に心を動かされた。

「先だっては、討ち入り以前に人を斬った覚えのある話をいたしましたな。ですが、どこで、いつ、誰を、なぜ斬ったかを話してはおりません。話さずともよいかな、と思っておったのです。じつはそれがし……」

言い始めた途端、それまで不破が浮かべていた穏やかな笑みに、狂気がにじんだかに見え、

「辻斬りを、いたしました」

と、冷やかな口調で言ったのだった。

えっ、と平山は言葉につまった。

不破はこう続けた。

それは、浅野家の馬廻《うままわ》り役だった不破が、江戸詰めだったころのことである。

不破は生来の狂暴な気性のため、家中や町家などで喧嘩《けんか》や粗暴なふる舞いが絶えず、あるとき木挽町《こびきちょう》の広小路で町人と喧嘩沙汰《ざた》を起こした。そのふる舞いを上役より厳しく咎《とが》められ、鉄砲洲《てっぽうず》の上屋敷の長屋に謹慎を申しつけられた。

しかし、腹の虫がおさまらなかった不破は、夜更けに長屋をこっそり抜け出し、麻布村まで彷徨《さまよ》い歩いた末に、狸穴《まみあな》坂で偶然通りかかった男を、すれ違い様に背後より一刀を浴びせ、斬り殺したのだった。

通りかかりは侍らしく、暗闇の中で顔もわからなかったが、そんなことはどうでもよかった。腹の虫をおさめるため、無性に人を斬りたかった。それだけだった。

通りかかりは、叫び声もたてられず、小さくうめいて息絶えた。

麻布村のあたりに町家はなく、百姓の田畑や藪《やぶ》や雑木林や原野のほかは、小役人の組屋敷と樹林に囲まれた大名屋敷が、暗闇の中でひっそりと寝静まっていた。

不破は腹の虫がおさまり、上屋敷に戻ってぐっすりと眠ることができた。

昼間は謹慎の咎めに従って、温和《おとな》しくふる舞った。

しかし、頭の中には人を斬った昂揚《こうよう》がうず巻き、掌《て》には手ごたえが残っていた。

半月がたったころ、不破はまた夜更けに長屋をこっそり抜け出した。

今度は夜更けの道を、青山《あおやま》まで彷徨い歩いた。

青山の人通りのない道で、通りかかった中間《ちゅうげん》ふうの男を斬った。

このときも顔を見ていないし、声もかけなかった。通りすぎたふりかえり様、後ろからひと太刀を浴びせた。通りかかりは、声もあげられず倒れた。

一撃の手ごたえに昂揚を覚え、手が震えた。掌に残る感触が、堪《たま》らなかった。なんだこれは、と思った。

夜明け前に長屋に戻り、やはりぐっすりと眠った。

不破は、昼間は温和しくふる舞っていた。けれども、次はどこでやるかと考え、腹の中にたぎる昂揚が、だんだん抑えられなくなっていた。

不破の謹慎は、ひと月ほど続いてから解かれた。そして、急遽《きゅうきょ》、国元へ戻る指図を受けた。なぜかは、わからなかった。まさか、辻斬りを気づかれたか、とは思わなかった。辻斬りに気づかれていたなら、こんなことで済むはずはない。

ただ、謹慎中にもかかわらず、不破が夜更けに、こっそり屋敷を抜け出していることがあるという噂がたち始めていた。

不破は国元の赤穂に戻り、お城勤めになった。

ところが、国元の赤穂に戻っても、不破の粗暴なふる舞いは収まらなかった。赤穂に戻ってむしろ狂暴さが増した。

不破は、掌に残っているあの手ごたえが、忘れられなかった。江戸で目を覚ました腹の中のもうひとりのおのれが、束縛を解き放たれるときをうかがっていた。

とは言え、顔見知りばかりの狭い赤穂城下で、辻斬りなどできなかった。

そのはけ口を求めるかのように、喧嘩や、乱暴狼藉《ろうぜき》が絶えなかった。

やがて、粗暴なふる舞いが収まらぬため、ついに浅野内匠守の機嫌を損じ、不破は浅野家を追われる身となった。禄《ろく》と拝領屋敷を失い、食うや食わずの無頼の徒に身を落としたのだった。

そんな無頼な日々が続いていたとき、浅野内匠頭の江戸城松之大廊下の刃傷《にんじょう》事件が起こり、浅野家はおとり潰しになったのである。

不破は、大石内蔵助率いる亡君の恨みをはらす赤穂浪人の同志に加わった。


朝の同心詰所は、同心らの出入りが頻繁で騒々しかった。表門のほうで、下番が不浄門から奉行所内に入る囚人の名を読みあげているのが聞こえた。白洲《しらす》入り口に向かう公事人の、所内の砂利を踏み締める足音も絶えなかった。

「不破数右衛門が討ち入りの同志に加わることを大石内蔵助に許されたのは、浅野内匠頭の一周忌にあたる三月十四日です」

と、平山は言った。

「なるほど。不破数右衛門が、相当物騒な侍だったことはわかりました。吉良邸討ち入りで、不破数右衛門は吉良家の侍を、ひとりで斬り廻ったって噂ですからね」

平山と対座する同心の尾崎忠三郎は、黒羽織の袖《そで》に腕を差し入れて組み、少々戸惑いを覚えつつかえした。

尾崎はひと呼吸をおいて訊いた。

「で、平山さんは、不破から辻斬りの話を聞かされ、それを上役や、あるいは朋輩の方々に伝え、どうしたものか、と相談なさったわけですね。たとえ忠義の武士であっても、辻斬りというのはどうもと……」

「いえ。すでに切腹は決まっておったのです。赤穂浪人の吉良邸討ち入りに、今さら水を差してはならぬ、武士の忠義を果たした赤穂浪人の人気に、疵《きず》をつけてはならぬと考え、この件は、上役にも家の者にも話してはおりません。ただ今、尾崎どのに話したのが初めてでござる」

「ほう、さようですか。そりゃあ、まあ、江戸中で人気の忠義の赤穂浪人ですからね。とも角、不破数右衛門がどれほど物騒だった侍にせよ、不破は見事切腹をして果てた。わたしも、今さらそれを人に話すつもりはありませんよ。もうすぎたことです。ここだけの話にしておいて、いいでしょう」

尾崎は言い、口をへの字に結んで薄笑いを見せた。

「で、それをわざわざ知らせるために、訪ねてこられたってわけですね。ですが、本所深川の辻斬り事件と、不破数右衛門の辻斬りの件とは、だいぶずれておりますな。赤穂浪人とともに切腹した不破数右衛門が、本所深川で辻斬りを働くことはできませんからな」

「そのことなのです。じつは、不破数右衛門の辻斬りの話は、それで終らなかったのです。不破は自慢話をするように、続きを話しました」

平山はためらいを見せ、短く沈黙した。

尾崎は笑みを消した。

「ご存じではございましょうが、赤穂浪人たちは江戸市中の町家の裏店《うらだな》に分かれて変名を使って潜伏し、不破は新麹町六丁目の大屋喜左衛門の裏店に、吉田忠左衛門らとともに居住いたしておりました。不破は松井仁太夫と名乗っていたと、本人から聞きました。大石内蔵助が十一月の上旬に江戸へ入ったとき、盟約を結んだ赤穂浪人は五十人を超えておりましたが、討ち入りの十二月十五日までの間に、脱盟する者が続出し、討ち入りに残ったのが四十七人でした。その脱盟者の中に、川井太助という若い侍がおりました。川井の歳は二十六歳。浅野家小姓衆三十石三人扶持《ぶち》の家柄で、国元の赤穂に若い妻を残して盟約に加わったのです」

「若い妻を国元に残してですか。そりゃあ、未練だったでしょうな」

「十一月に小山田庄左衛門《おやまだしょうざえもん》ら四人、十二月六日には矢野伊助《やのいすけ》と瀬尾孫左衛門《せおまござえもん》の二人、十二月十一日になってから毛利小平太《もうりこへいた》という者、そして、川井太助は十二月十三日に、姿を消しました」

「十二月十三日ということは、討ち入りの前日ということになりますな」

「そうです。討ち入りは、十二月の十四日、吉良邸において茶会が開かれるその夜に集結、十五日未明に決行と決まったのが、十二月十三日だったそうです。不破に言わせれば、川井太助は討ち入りの日が決まった途端、急に臆病《おくびよう》風に吹かれて逃げ出しおった、といまいましげに話しておりました」

「その話は、不破数右衛門からお聞きになったのですな」

「はい。すべて、不破から聞いた話です」

「不破は、なぜ川井太助のことを特に、臆病風に吹かれた、と平山さんに言ったのですか。脱盟した赤穂浪人は、川井太助ひとりではありませんね。盟約に加わらなかった者を入れれば、臆病風に吹かれた者のほうがはるかに多いはずです。それがなぜ、川井太助なのですか」

「川井太助は、若いころから、浅野家では新陰流《しんかげりゆう》の抜群の使い手として、知られておりました。川井太助の生家は身分の低い足軽でしたが、剣術の腕を見こまれ、小姓衆の川井家に婿入りして、小姓衆に就いておったのです。同じ小姓衆の小原富次郎《こはらとみじろう》、中村清右衛門《なかむらせいえもん》、鈴田重八郎《すずたしげはちろう》とともに討ち入りの盟約に加わって、江戸へ下ってからは、南八丁堀湊町の宇野屋十右衛門店に、杉沢吉左衛門と名乗って住んでおりました。吉良家では、赤穂浪人の討ち入りに備えて、腕のたつ家臣を多数抱えていたうえに、上杉家でも腕利きの家臣ら数十名を、吉良邸の警固に差し遣わしていると噂されておりました。ですから、赤穂浪人側は川井太助のような腕利きを頼もしく思っていたそうです」

尾崎は、ふむ、と首肯した。

「不破に言わせれば、川井は抜群の剣術の腕前を身につけているにもかかわらず、ひどく気の弱い、臆病な、実戦には不向きな、なんと申しますか、荒々しさをあらわにして事に向かうことが不得手な、風貌《ふうぼう》も、心ばえも温和しい優男《やさおとこ》を思わせる、そういう気性の侍だったようです」

「気の弱い、女のような気だての男だったのですな」

「女の気だてが弱いとは、限りませんが」

「ああ、そりゃそうですな」

尾崎は腕組みを解き、月代《さかやき》にのせた小銀杏《こいちょう》の髷《まげ》を整えた。

「それで、討ち入りを恐がって怯えているのが見た目にもわかる若い川井が、同じ剣術使いとして、不破はもどかしかったようです。南八丁堀の裏店に川井をしばしば訪ね、討ち入りの心がまえや、刃《やいば》を交わして斬り合うとはどういうことか、人を斬るとはどういうことか、臆病な川井を奮いたたせるために、言い聞かせ、励ましたと言っておりました」

「言い聞かせただけで？」

「尾崎さん、そこなのです。不破は川井に言い聞かせ、励ましただけではありませんでした。斬り合うとはどういうことか、人を斬るとはどういうことかをわからせるために、試しにやらせたのです」

「試しにやらせた？　まさか、それが……」

平山はゆっくりと頷《うなず》いた。そして、

「辻斬りを、やらせたのです」

と言った。

尾崎は眉《まゆ》をひそめ、表情を硬くした。

「大石内蔵助が十一月五日に江戸へ入り、討ち入りの日が近づいているのがひしひしとわかる十一月の終り、ともに盟約に加わった同じ小姓衆の中村清右衛門と鈴田重八郎が突然脱盟し、三人一緒に殿さまの無念を晴らすと言っていたのに、ひとり残された川井は、相当、消沈いたしておりました。不破はその夜、川井を連れ出し、愛宕下《あたごした》の茶屋で酒を呑《の》み、それから、明かりも持たず麻布村の狸穴坂へ向かったのです。途中、落ちこんでいる川井に、不破は懇々と言い聞かせたそうです。御公儀も吉良上野介と同じく、われらが亡君・浅野内匠頭さまの仇《かたき》である。すなわち、われらが吉良邸に討ち入り、吉良上野介に仕える侍と戦わねばならぬように、御公儀に仕える侍もわれらが戦わなければならない相手である。よって、御公儀の侍を斬るのは、これも亡君の恨みをはらすふる舞いだとです」

「そんな無茶な」

「川井太助が、どのような気持ちで不破に従ったのか、そそのかされ、真に受けたのか、あるいは真に受けるふりをしたのか、わかりません。不破は、通りかかりとすれ違い様にふりかえって、背後から袈裟懸に打ち落とす、と教え、夜道で星明かりを頼りにその手順を、繰りかえしやってみせもしたそうです。狸穴坂まできて、川井太助は震え、歯をかちかちと鳴らしておりました。しばらく道端の藪に身を隠して待っているうちに、やがて人が通りかかりました。麻布村のこの辺は、町家から離れ、朝の早い百姓らはもう眠っている。この刻限に通りかかるのは、侍しかいない。侍ならば、間違いなく御公儀に仕える役人だ。斬り捨てて差し支《つか》えなし、と耳打ちし、怯む川井の背中を坂道へ押し出しました」

尾崎は、再び腕組みをしてうなり、次の間の天井を見あげた。

「通りかかりは、坂をくだってきておりました。川井が恐る恐る坂をのぼってゆくほうより、提灯《ちょうちん》を提げた侍風体のくだってくるのが認められました。川井の足下は覚束《おぼつか》なく、くだってくる侍の怪しむ様子がわかりました。怪しまないほうがおかしいと、不破は思ったそうです。川井は侍のそばを通りすぎると、いかにも武骨にふり向き、刀を抜いたのです。侍はすぐに気づきました。提灯を捨て、何をする、と叫んで抜刀しました。川井は上段へとったまま、震えて斬りかかれなかった。不破は即座に侍の背後へ駆け寄り、斬りかかりました。しかし侍はそれを察知し、身をかえして不破の一撃を受けとめたのです。川井は上段にかまえた恰好《かっこう》で、なす術《すべ》を知らぬ様子でした。斬れっ、と不破は二度叫んだそうです。侍は不破の一刀を受け止めつつ、後ろの川井に備えなければならなかった。そのため隙が生まれ、不破の強引に押し斬る刃に肩を咬《か》まれ、悲鳴をあげました。川井が侍の背中へ打ち落としたのは、侍の悲鳴に衝《つ》き動かされたかのようだった、と不破は言っておりました。怯えていたけれども、打ち落としたその一撃はじつに見事だったとも」

「人を斬るとはどういうことか、実際に試したわけですか。だが、川井太助は討ち入り前日に、姿をくらました。臆病風に吹かれたのですな」

「あの腰抜けめ、と不破は何度も言っておりました。ですが、なんとなく、師匠が不肖の弟子を嘆くかのような口ぶりに、聞こえなくもなかったのです」

「不肖の弟子？　辻斬りの弟子ですか」

平山は頷いた。

「本所深川で続いている辻斬り事件の五件目が、一昨日、起こったと聞きました。本所から深川の小名木川にかけて、小禄の御家人屋敷が多いところですね。五件とも、御公儀の御家人が、背後より背中を一刀の下に斬り落とされたのではありませんか。すれ違い様にふりかえって、ただひと太刀に。とどめを刺さず、ひと太刀で絶命させるなど、並の腕でできることではありません。新陰流の腕利きならできるかもしれませんが」

「すると、本所深川で御家人らを狙って辻斬りを働いているのは、赤穂浪人の川井太助だと、仰《おっしゃ》るんですかい。試し斬りで味をしめた辻斬りの弟子が、師匠がいなくなったあと、辻斬りをやっていると、仰るんですかい」

「辻斬りをしたと、不破が初めて言ったとき、穏やかだった笑みに狂気が走ったのを覚えています。不破の笑みを見て、背筋が冷たくなりました。じつはあのとき、不破の様子が急変し、それまでとあまりに違いすぎるため、不破はもしかして、病んでいるのではないか、と思ったほどです。川井太助は不破の弟子というより、不破の病、あるいは狂気にとり憑《つ》かれ、心を奪われた者のような気がして、ならないのです。川井太助は、不破と同じ病、同じ狂気に冒された、そんな気がしてならないのです」

「なぜ、そんな気がするんです？」

「なぜでしょうか。よくわかりません。しかし、今思うに、わたしが赤穂浪人の立場だったなら、不破の病にわたしも冒され、辻斬りを試したのではないかと思えてきて、ぞっとしたのです。あの背筋の寒くなる覚えが、忘れられないのです。川井太助も、そうだったのではないか。ですからあのとき、不破の辻斬りを上役に伝えていれば、事態は変わったのではないかと……」

平山は顔を伏せ、額に掌をあてた。

「そんなこと、ありませんよ。たとえ、平山さんが上役にそれを伝えても、どうしようもなかったでしょう。不破数右衛門ひとりを赤穂浪人から分けて、辻斬りの詮《せん》議《ぎ》をし、不破数右衛門だけは切腹ではなく、打ち首獄門。討ち入りから脱盟した川井太助を、新たに追えって言うんですかい。そりゃあ、無理だ。忠義の武士にそんな仕打ちをしたら、赤穂浪人びいきの江戸中が怒り出しますよ」

尾崎は笑いながら、平山の顔を伏せた様子を見つめ、これは探ってみる値打ちがあると思った。二十六歳の優男。若い女房を国元に残して、と言っていた。

若い女房を捨ててでも、武士の忠義が大事ってかい。侍もつらいね。

尾崎忠三郎は思った。

「平山さん、その川井太助という赤穂浪人が、本所深川で辻斬りをやったかどうかは言えませんが、手がかりには違いありません。早速、探ってみます。見た目が優男ということやら、杉沢吉左衛門と名乗って、南八丁堀湊町の宇野屋十右衛門店に住んでいたことは聞きましたが、ほかに聞いていることはありませんか。ほくろや疣《いぼ》があるとか、こんなくせがあるとかないとか、どこそこの岡場所に馴染《なじ》みの女郎がいるとか、なんでもいいんですが」

平山は、伏せた顔をなかなかあげなかった。が、ふと、顔を持ちあげた。

「討ち入りに携える刀を作ることにしたと、言っていたそうです。江戸の優れた刀鍛冶《かじ》だと、自慢していたと聞きました」

「江戸の優れた刀鍛冶？　誰だか聞きましたか」

「武蔵国包、確かそんな名前でした。町家の自由鍛冶だと。どこの町かまではわかりませんが」

「武蔵国包ね。知らないな。よし、そっちもあたってみましょう」

自由鍛冶か。町家にそんな有名な刀鍛冶がいるのかい。赤穂浪人が討ち入りに携えていきたくなるような刀を作る刀鍛冶ね……

尾崎は、掌で髭《ひげ》の剃《そ》り跡をなぞりながら考えた。

二

午後、尾崎忠三郎は、挟《はさ》み箱《ばこ》をかついだ奉行所の中間と手先の重吉《じゅうきち》を従え、北横町から弓町の小路へ折れた。小店《こだな》の並んだ小路を進むうち、刃鉄《はがね》を打つ重たい槌音《つちおと》が聞こえ、それがだんだん近づいてきた。

あれだろう、と尾崎は思った。

刀工・武蔵国包が、弓町で刀鍛冶屋を営む一戸前国包という自由鍛冶であることは、奉行所の調べですぐにわかった。

意外なことに、武蔵国包の打刀は、大身の旗本や諸侯に仕える重役らの間でひそかな人気になっていると知り、そうだったのかい、と尾崎は感心した。

鍛冶場は、板葺屋根に太い柱と板塀だけの無骨な建物で、表戸が小路に向いて開け放たれていた。戸口に立った尾崎を、冬の寒空にもかかわらず、店の中から吹き出るむっとする熱気が押し包んだ。

薄暗い鍛冶場の奥に金山神を祭った神棚が見え、内壁には注連縄《しめなわ》が張りめぐらしてあった。神棚の下に、石と粘土で囲い不動明王をかたどった御幣を供えた火床があり、赤い炎があがっていた。

烏帽子《えぼし》をかぶり、筒袖《つつそで》の半着にくり袴《ばかま》を着けた刀鍛冶と徒弟の二人が、火床のそばにいた。梃子《てこ》台に赤く焼けた梃子を据え、横座の刀鍛冶が槌をふるい、向こう槌の二人の徒弟が、続いて槌を叩《たた》き落としている。

横座が槌をふるい、向こう槌が交互に叩き落とし、また横座、向こう槌、と繰りかえし、三人が槌をふるうたびに、火花が飛び散り、焼けた刃鉄が四角い形に整えられていくのがわかった。

「うわあ、あんなに火花が散ってやすぜ」

重吉が感心して言った。

刀鍛冶と二人の徒弟は、表戸口に立った尾崎らに見向きもしなかった。

真っ赤に焼けた刃鉄の怒りと猛々《たけだけ》しさに、まさに鉄槌《てっつい》をくだすかのように、調子をとりつつ槌を叩き落としていた。

「ありゃあ、折りかえし鍛錬だ。沸いた鉄の塊を、折りかえしては叩きのばし、折りかえしては叩きのばして、まじりっ気のねえ刃鉄に鍛えあげるのさ。ああやってどこまで鍛えるかが、名刀と鈍刀を分けるのさ」

いくぜ、と尾崎は刃鉄の焼ける臭いを嗅《か》ぎながら、鍛冶場へ踏み入った。

尾崎らが近づいても、刀鍛冶は一心不乱に槌をふるっている。

鍛冶場の半ばまできて、火床の熱気に歩みを拒まれた。重吉が小走りになって数歩近づき、

「仕事中、邪魔するぜ。南御番所の旦那《だんな》の御用だ。ちょいと話を聞きてえ。刀鍛冶の一戸前国包さんはいるかい」

と、少々頭ごなしの口調で言葉をかけた。

ところが、かえってくるのは槌音だけだった。刀鍛冶はひたすら槌をふるい、烏帽子から首筋へ、汗の雫《しずく》が伝っていた。

「おい、邪魔するぜ……」

重吉は声を大きくした。それでも、槌音しかかえってこなかった。

重吉は、てめえらふざけてんのか、という顔つきになって、首をかしげた。それから、不審げな顔を後ろの尾崎へ寄こした。

「重吉、まあ、待て」

尾崎は、黒羽織の下の、白衣を締める独鈷《とっこ》模様の博多帯に二刀と朱房の十手を差していた。刀の柄《つか》に両手をだらりと重ね、鍛錬が一段落するのを待った。

やがて、真っ赤に焼けていた刃鉄は、黒く一徹で無骨な表情を見せ、怒りと猛々しさを鎮めた。

梃子を持った刀鍛冶は槌をおき、火床に梃子を差し入れた。炭火が火花を巻きあげてゆれた。刀鍛冶はふいごの把手《とって》を押し引きし、火床に風を送る音が、ぶうん、ぶうん、と獣の息遣いのように聞こえた。

ふいごの息遣いに合わせ、紅蓮《ぐれん》の炎が火床からこぼれ出た。

二人の徒弟は、槌を槌立におき、肩を上下させながらそれを見守っていた。

二人は痩身《そうしん》で背が高く、束ね髪を背中に垂らした若い徒弟だった。

だが、そのひとりは、汗と炭で汚れていたものの、明らかに若い娘だった。しかも、横顔の整った目鼻だちゆえに、娘の初々しい器量が察せられた。

お？と尾崎は思わず目を瞠《みは》った。

「旦那、弟子の二人のうちのあっちは、ありゃあ娘ですぜ」

重吉が気づいて、ささやき声で言った。

「らしいな」

と、こたえたとき、ふいごの把手を動かしながら、尾崎に背を向けた刀鍛冶が言った。

「お役人どの、御用ならば、鍛錬を続けながらうけたまわるが、よろしいか。鍛錬の途中で刃鉄を冷ましたくないのです。不都合でしたら、裏の住まいのほうで、鍛錬が一段落つくまでお待ちいただければ」

刀鍛冶は尾崎に顔を見せなかった。

ただ、ふいごの吐息が続いていた。

「一戸前国包さんだね。武蔵国包という刀鍛冶の」

「さよう。わたしが一戸前国包です。武蔵国包の銘を刻んでおります」

「こちらは南御番所同心の、尾崎忠三郎の旦那だ」

重吉が、勿体《もったい》をつけて言った。

「一戸前さん、鍛錬を続けながらでけっこうだ。このあと、品川まで出かけなきゃならねえ。こんなところで暇を潰してるわけにはいかねえのさ」

二人の徒弟が、そろって尾崎へ一瞥《いちべつ》を寄こした。

尾崎は、こんなところで、というのは余計だったと気づいた。

「いや、長くはかからねえって意味さ」

と、器量のいい顔だちの娘へ、薄笑いと言いわけをかえした。かえしながら、こんな娘っ子がなんで刀鍛冶の徒弟なんだ、となおも意外に思った。

「鉄の沸き具合を見定めねばなりません。この恰好でお許し願いたい。どうぞ、お訊《たず》ねくださいい。ただし、鉄が沸いたらまた鍛錬に入りますので、その間はおこたえできません。悪しからず。それから、手先の方、あまり近づきすぎぬように。思っている以上に火花が散って、火傷《やけど》を負う恐れがありますぞ」

「そ、そうかい」

重吉が、戸惑ってこたえた。

「一年ほど前だ。杉沢吉左衛門という、歳は二十六歳の若い侍が、武蔵国包の打刀をひと振り注文したと聞いたんだが、それは間違いねえかい」

尾崎はきり出した。

すると、なぜか一瞬、一戸前のふいごの把手にかかった手が、止まったかに見えた。しかし、一戸前はすぐにふいごを動かし、ぶうん、ぶうん、と息遣いが流れ出し、気のせいか、と尾崎は思った。

「もしかしたら、杉沢吉左衛門じゃなく、川井太助という名で頼んだかもしれねえがな。どうやら、川井太助が本名で、江戸へ下って杉沢吉左衛門と名乗っていたらしいのさ。一戸前さん、どうだい。武蔵国包をひと振り……」

「仰せの通りです。一年前、杉沢吉左衛門と名乗る若い侍が自らこの鍛冶場に見えて、打刀ひと振りの注文を受けました。値は三両で、一両を手つけにおき、十日後、受けとりにきた折りに、残金を支払うことになっておりました」

「杉沢は、十日後に刀をとりにきたんだな」

「いえ。それが、杉沢どのは刀をとりに見えませんでした。と申しますか、杉沢どのは、今もって刀はとりに見えておりません。できあがった刀は、わたしが白木の鞘《さや》と柄をこしらえ、今も預かっております」

「そうか。とりにきてねえかい。とりにこねえわけが、何かあるのかい。杉沢からその後、連絡はねえのかい」

「連絡はいっさいありませんし、とりにこないわけも存じません。歳が若く、様子もあまり裕福には見えませんでしたので、残金の二両ができないのかと、初めは思っておりました」

「初めは？　じゃあ、今は」

「仕事で長い旅に出ると、仰っておりました。旅に出る前にとりにくるつもりだったのが、手違いがあって、こられなくなったのかとも……」

「どういう仕事か言ったのかい」

「聞いておりません。ただ、仕事で長い旅に、とだけです」

火床の中の鉄塊が、赤く焼けていた。一戸前は、鉄の焼け具合を確かめるように、火床をのぞきこんだ。

「杉沢吉左衛門の住まいは、南八丁堀湊町の裏店だった。それは聞いていたかい」

「いいえ。わたしには、神谷町の裏店と言うておりました。年が明けても刀をとりにこぬので、神谷町の裏店を訪ねましたところ、杉沢どのに教えられた裏店は、そもそも神谷町にありませんでした。どういうわけか、でたらめの裏店を教えていたのです。南八丁堀湊町だったのですか。ならば、訪ねてみます。湊町のどこの裏店ですか」

「杉沢はもうそこにはいねえ。まあ、当然、いるわけねえんだがな。だから、一戸前さんに訊きにきたのさ。杉沢の、つまり川井太助の行方を探る手がかりが、見つかるんじゃねえかと思ってな」

「本名は川井太助と仰るのですな。何ゆえ、川井どのの行方を捜しておられるのですか。杉沢吉左衛門と名乗って、川井どのは、行方をくらまさねばならぬことをなさったのですか」

「そいつは、御用の筋だから話すわけにはいかねえ」

尾崎は軽くあしらった。

すると、一戸前は赤く沸いた刃鉄を火床から抜き出した。

それを梃子台に載せ、鏨《たがね》で刃鉄に溝を入れ折りかえした。刃鉄は、二枚に重なり分厚い塊になる。一戸前は槌をふるった。二人の徒弟が続き、赤い刃鉄から飛び散った火花が、尾崎らの足下近くまで飛んできた。

「おおっと、危ねえ危ねえ」

重吉がおどけるように後退《あとずさ》った。

一戸前と二人の徒弟の横顔が焼けた刃鉄に照らされ、汗が光っていた。

「それからな、もしも、杉沢が刀をとりにくるようなことがあったら、番所に知らせてくれ。頼んだぜ」

一戸前は、こたえなかった。

唇を固く結んで一心不乱に槌をふるい、ただ、鍛冶場に槌音を響かせた。

尾崎は、一戸前の素ぶりに、わずかに引っかかるものを感じた。

しかしすぐに、気のせいか、と肩の埃《ほこり》を払うようにふり払った。鍛錬に入ったらこたえられないと言っていたし、町家の刀鍛冶に、これ以上訊いても、川井の手がかりは得られそうになかった。

「訊きたかったのはそれだけだ。邪魔したな」

重吉と中間を促し、踵《きびす》をかえした。

小路に出て、鍛冶場の熱気から解き放たれた。薄曇りの冬空を仰いで、ひと息吐いた。南横町の新肴町のほうへ歩みを進める三人の背中に、鍛冶場の槌音がいつまでもまとわりついた。

国包は刃鉄を、縦横、上下から叩き、長四角の形に整えていった。刃鉄は、黒く鈍い奥底に怒りを鎮めていた。

火床へ差し入れ、ふいごの息を吹きこんだ。ふいごのひと吹きごとに、火床は刃鉄の怒りを再びかきたてるかのように炎をあげた。

不意に、杉沢吉左衛門と名乗って現れた川井太助の姿が甦《よみがえ》った。そして、一年がたった一昨日、突然、訪ねてきた由良の姿がよぎった。

国包は、恰《あたか》もひと振りの刀に引き寄せられたかのようにこの鍛冶場に現れた、由良という女と川井太助という男の不可解な子細に、気が滅《め》入るのを覚えた。

川井太助は何をしたのだ。吉良邸討ち入りに加わらず、姿をくらました一介の赤穂浪人。ただそれだけではなかったのか。吉良邸討ち入りから、一年がすぎる。すべては始末のついたことだ。そうではないのか。

川井太助は、本当に由良の夫なのか。そうだとすれば、由良はそんな夫を捜し求め、今さら何を確かめようとしているのだ。

妙なことになってきた。あの刀を持ち主にかえしてやらねば……

国包は、火床の赤く沸いた刃鉄を見つめながら思った。

三

尾崎忠三郎は、川井太助の足どりを探るつもりだった。

赤穂浪人の吉良邸討ち入りを脱盟した川井太助は、妻を残した赤穂へ戻ろうとしたはずだ、と推量した。

しかし、川井太助は赤穂の女房の下へ戻らなかった。戻ろうとしたが、江戸へ引きかえした。江戸へ引きかえさなければならないわけが、川井にあったのだ。

辻斬りを働くためか。まさか、と尾崎は思った。

どんなわけがあったか、そいつを探れば、平山が言ったように、辻斬りを働いたのが川井太助なのか、それとも平山の思いすごしか、明らかになるだろう。

川井太助は、どこで引きかえした。

十二月十三日に十四日の吉良邸で催される茶会の確かな知らせが入り、討ち入りは十四日から十五日の未明と決まったそのあと、川井は臆病風に吹かれ、十三日の午後に南八丁堀湊町の裏店から姿を消した。

平山が不破数右衛門より聞いたところでは、十三日の午後、川井太助は不破に会う用があると同居の片岡源五右衛門に断り、南八丁堀湊町の宇野屋十右衛門店を出た。どこかで旅拵《たびごしら》えをして、東海道へとったとしたら、午後遅くからでは一日目は品川宿か、せいぜい川崎宿《かわさき》になる。

おれなら、と尾崎は推量を続けた。

川井太助が、臆病風に吹かれて脱盟した気持ちがわかった。いざ討ち入りとなれば、おれもそうするかもな、とは思う。けど、吉良邸討ち入りが、次の日の夜から夜明けにかけてと決まっているのだ。

おれなら見届ける、と尾崎は思った。

盟約を交わした同志を捨てて逃げ出したふる舞いが後ろめたく、聞きたくない、知りたくない、と思う一方で、どれほど後ろめたくとも、顚末を聞きたい、知りたい、と思うに違いなかった。

だとすれば、川崎宿では遠すぎる。川井は品川宿の旅籠《はたご》に宿をとり、赤穂浪人の吉良邸討ち入りの顚末が品川宿に伝わるのを待ったのではないか。

品川宿に入ったのは、弓町の一戸前国包の鍛冶場を出てから半刻《とき》ほどあとだった。

さらにその半刻後、尾崎と重吉、中間の三人は、南品川宿の松川屋《まつかわや》という旅籠を訪ねた。宿場役人の手を借り、手分けして訊きこみを始めたところ、推量どおり、松川屋の宿帳に杉沢吉左衛門の名が、案外、簡単に見つかった。

去年の十二月十三日と十四日の二晩、杉沢吉左衛門の名で、川井太助と思われる若い侍が松川屋に宿をとっていた。松川屋は、表通りから池上道に折れた南馬場町にあって、小さな旅籠だが飯盛もおいていた。

しかし、主人の話によると、杉沢吉左衛門は飯盛を頼まず、酒も呑まず、ただ二晩の宿をとっただけで、いい客とは言えなかった、とこたえた。

「すらりと背の高い身体つきの、きれ長な目に鼻筋が通り、色の白い綺麗《きれい》な顔だちのお侍さんでした。月代が長くのびておりましたので、おそらくどちらのご家中でもなく、ご浪人さんと思われます。上方へ戻る旅と仰っておりましたが、上方のどちらかはうかがってはおりません。なぜ二晩、だったのかもわかりかねます。何かを待っておられるふうな様子でございましたね。と申しましても、どなたも訪ねてはこられませんでした。十四日の昼間は、部屋から殆《ほとん》ど出ず、ただ物思いに耽《ふけ》って一日中じっとしていらっしゃる、そんな様子だと使用人が申しておりました。十四日は夜になって雪になり、ご存じのとおり、十五日の未明に本所の吉良邸に赤穂浪人の討ち入りがあって、その知らせが伝わった十五日は、朝から宿場中が大騒ぎでした。お侍さんもそれについては関心を示され、吉良さまの首《しるし》はあげられたのかとか、赤穂浪人はどうなったのかとお訊ねになっておられました。宿場中が赤穂浪人の討ち入りに大騒ぎしておりましたときに、そっと宿を発たれましたので、あのお侍さんのことは、なんとなく覚えております」

品川は宿場の西側に寺院が多く、寺院で開かれる賭場《とば》も多い。念のために、「賭場で遊ぶこともなかったんだろうな」と訊くと、主人の様子が少し変わった。

「それが……十三日に宿に入られましたのは、五ツ（午後八時頃）前のだいぶ暗くなってからでした。そのときはすでにお酒を呑んでおられたご様子で、夕飯はいらない、六五郎《ろくごろう》の賭場があると聞いた、どこへいけばいいとお訊ねでしたので、お教えいたしましたから、たぶん、いかれたのだと思います。ですが、四ツ（午後十時頃）すぎには宿に戻られ、仕舞い湯には間に合ったのですが、風呂《ふろ》にも入らずお休みになったようです。六五郎の賭場で遊ばれたのは、ほんの一刻ほどだったと思われます。あとは、二晩お泊りの間、お酒も呑まず、飯盛とも戯れず、部屋からも出ず、ただじっとおすごしでございましたね」

松川屋に宿をとったとき、川井太助はすでに呑んでいた。

品川宿の六五郎の賭場のことは、誰かと酒を呑み、その誰かに聞いたのか。吉良邸討ち入りから脱盟し、仲間の前から姿を消したその日の午後、一体、誰となんの用があったんだ。

それとも、ひとりでどっかの蕎麦屋か、水茶屋へ入って酒を呑み、脱盟して生きのびるか、武士の忠義をまっとうして死ぬか、思案した挙句、脱盟を選んだのかもしれねえ。六五郎の賭場ぐらい、誰にでも聞ける。川井は、脱盟した後ろめたさをはらすために賭場で遊んだが、楽しめなかった。そうとも考えられる。

尾崎は、南馬場町界隈《かいわい》を縄張りにし、南品川宿の顔利きのひとりでもある六五郎の、薩州《さつしゅう》の江戸屋敷までゆく手前の海蔵寺門前にある店を訪ねた。

このころ、江戸府内はまだ高輪までである。また宿場は大目付配下の道中方支配であり、品川宿に町奉行所の支配はおよんでいない。町方役人ではあっても、支配地ではない町民を自身番に呼びつけて、というわけにはいかなかった。

六五郎は、四十代半ばの男だった。界隈の顔利きらしく、大柄な身体に貫禄《かんろく》があった。尾崎の問いに、

「そういうお訊ねなら、あっしより忠治《ちゅうじ》のほうがいいでしょう。ただ、もう一年も前の話だから、あてにはなりませんぜ」

と言って、三十前後の中盆の忠治を呼びつけた。

すぐに現れた忠治は、浅黒い顔の中の険しい目つきをいっそう険しくして、首をかしげて言った。

「杉沢吉左衛門と仰るのかどうかは、存じません。ですが、そのお侍さんは覚えておりやす。確かに、十二月十三日の夜、一刻ばかり、うちの賭場で遊んでいかれやした。十四日の夜から十五日の明け方にかけて、赤穂の浪人さん方が吉良さまの首をあげた吉良邸討ち入りがあって、それが朝には品川まで伝わり大騒ぎになったんで、覚えが残っておりやす。ひょろりと背が高くて、どっちかってえと優男ふうの綺麗な顔だちでやしたが、顔色がひどく悪くて、具合は大丈夫ですかと、声をかけやしたら、ああ、とむっつりとした顔つきで頷かれやした。それと……」

親分、と忠治は六五郎に耳打ちをした。六五郎は、忠治の耳打ちに気だるそうに二度三度頷き、「そうかい。それぐらい、かまわねえだろう」とこたえて、尾崎へ大きな目を向けた。

「どうやら、そのお侍は、深川の八幡金蔵《はちまんきんぞう》の賭場に、よく出入りしていたそうですぜ。うちのことは八幡金蔵から聞いたそうでやす。そうだな」

「へい。金蔵親分から南品川の六五郎親分とは顔見知りだと聞いたので、ちょっと寄ってみたのだと、お侍さんは仰っておりやした」

「お役人さま、どうかお手柔らかに」

六五郎が言い添えた。

賭場はご禁制である。金蔵の賭場の差し口をしたと思われては困る、というつもりらしい。

「わかってるよ。野暮を言いにきたんじゃねえ。深川の八幡金蔵だな」

と言い残し、尾崎は六五郎の店を出た。

尾崎と手先の重吉と挟み箱をかついだ中間は、品川宿から江戸へ戻った。もう夕刻になり、海岸通りの冷えこみがひどく身に染みた。

深川の八幡金蔵の名を、尾崎は聞いたことがある。

永代寺《えいだいじ》門前町を縄張りにする貸元であり、富岡八幡《とみおかはちまん》前の遊里の店頭《たながしら》から界隈の親分になったので、八幡金蔵と名乗っていた。

深川の富岡八幡のあるあのあたりは、元禄になって埋めたてが進み、新しく町家ができたばかりの場末である。二年ばかり前、富岡八幡宮の東方の平久川沿いに、浅草から三十三間堂が引っ越してきた。一昨年、その東方の埋めたてが進んで築地《つきじ》され、広大な木置場ができて木場町《きばちょう》に改められた。

木置場のさらに東方は、蘆荻《ろてき》の覆う湿地と浅瀬がどこまでも続いていた。

あのあたりは、江戸の町のごみ捨て場である。

ただ、永代寺門前町の富岡八幡宮の前には、参詣《さんけい》客目あての茶屋が軒を並べ、遊里ができ、華やかな盛り場になっていた。

「重吉、深川の八幡金蔵は知っているな」

「へい。口を利いたことはありやせんが」

「おめえは、八幡金蔵から杉沢、いや、川井太助のことを、なんでもいいから、洗いざらい訊き出せ。川井の居どころがわかれば手柄だ。ただし、川井の居どころをつかんでも、手下に見張らせるだけにして、軽々しく動くな。まずは、辻斬りの裏をとってからだ」

「承知しやした。旦那はどちらへ?」

「川井太助みてえに、討ち入りの一味から逃げ出して、江戸に残って暮らしている浪人も少しはいるはずだ。端《はな》から討ち入りの一味に加わらず、うまい具合に仕官して、何食わぬ顔で暮らしている元赤穂浪人もいるだろう。おれはそこら辺を、片っ端からあたって、川井太助の足どりを探る。川井太助は、忠義の赤穂浪人のはずが忠義の道を踏みはずして辻斬りになり果てた。もしそうなら、やつに、切腹はさせねえぜ。不破数右衛門の罪も全部引っかぶせて、打ち首獄門にしてやる」

尾崎は高輪の海岸通りをゆきながら、薄暮に包まれゆく海へ薄笑いを投げた。

四

同じ日の昼さがり、伊地知十蔵は鳥越橋《とりごえ》から新堀川《しんぼりがわ》沿いの堤道をとって、龍寶寺《りゅうほうじ》門前の往来に筆墨硯問屋・古沢《ふるさわ》の軒看板を見つけた。

古沢の軒をくぐると、狭い前土間続きに店の間があって、店の間の帳場格子に三十代と思われる主人らしき男が坐《すわ》って、算盤《そろばん》を使っていた。男は算盤の手を止め、十蔵にひと重の鋭い目を向けた。

「おいでなさいませ」

男は、低い声を寄こして帳場格子から立った。

肩幅のある中背の、屈強そうな体軀《たいく》だった。小幅のそそくさとした足の運びではなく、白足袋《たび》を静かに歩ませる様子は、商人の仕種《しぐさ》を真似ていても、真似がまだ身ついていなかった。

この男だと、わかった。

「お客さま、お求めの品をおうかがいいたします」

店の間のあがり端《はな》に端座した小原富次郎が、膝に手をおき、十蔵に町人風の髷の青い月代を見せた。その仕種にも、不慣れな身のこなしがうかがえた。

「筆墨、硯《すずり》、そのほか、とりそろえております」

十蔵は、菅笠《すげがさ》を少しあげて会釈を投げた。それから、さり気ない口調ながら、声を幾ぶん落として訊いた。

「こちらのご主人で、ございますか」

「はい。てまえが、筆墨問屋・古沢の主人でございます」

「さようでございますか。本日は、筆墨硯の買い入れの用ではなく、古沢のご主人にお会いいたすため、お訪ねいたしました。小原富次郎どので、ございますな。元浅野家ご家中の」

途端に、小原富次郎は眉をひそめた。にこやかな顔つきをこわばらせ、すぐにはこたえず、押し黙った。

「それがし、京橋南の弓町にて刀鍛冶を営みます一戸前国包の郎党にて、伊地知十蔵と申します。突然、お訪ねいたした無礼をお許しください。じつはそれがし、わが主人の一戸前国包の用命にて、小原富次郎どのに、いささかお訊ねいたしたき儀がございます。お仕事中、まことに申しわけございません。少々のお暇《いとま》をとっていただけませぬか」

小原はやはり黙って、十蔵の真意を読みとろうとするかのように、用心深い眼差《まなざ》しを寄こしていた。

そのとき、店の裏手の住居のほうで、赤ん坊の泣き声が聞こえてきた。か細い赤ん坊の泣き声が、午後の静かな店に無垢《むく》な気配をかもした。ほかに客はなく、両開きにした表戸の外を人が往来している。葉を落とした柳が、新堀川端に枝を垂らし、川向こうに浅草阿部川町《あさくさあべかわちょう》の店のつらなりが見えた。

赤ん坊の泣き声のように儚《はかな》げな、昼さがりのときが流れている。

母親らしき女のあやす声がして、赤ん坊の泣き声が止んだ。すると、

「お客さま、わたくしは筆墨硯問屋の古沢の富次郎でございます。どのようなお訊ねか存じませんが、弓町の一戸前国包さまのお訊ねには、おこたえできる者ではございません。お間違えではございませんでしょうか」

と、小原は目を伏せて言った。

「ご主人、人が抱えるそれぞれの事情や子細を詮索《せんさく》いたすために、お訪ねしたのではございません。元浅野家家臣の小原富次郎どのが、今は古沢のご主人となられ、商人として静かにお暮らしの子細は、われらにかかり合いのないことでございます。決してご迷惑をおかけいたしません。ただひとつ、ある方の消息について、少しでもご存じの事柄があれば、お聞かせ願いたいのです」

「一介の商人が、どなたさまであれ、お侍さまの消息を存じあげるはずがございません」

小原はいっそう小声になってかえしたが、十蔵はかまわず言った。

「その方は、川井太助と申される元浅野家の家臣でございます。去年の春の浅野家おとり潰しののち、事情があって江戸に出てこられました。その事情については、小原どのもご存じでございますな。小原どのも川井どのも、江戸に出てこられた同志と、聞いております。今からおよそ一年前、川井どのは、わが主の一戸前国包にひと振りの打刀を注文なされました。その折りは、川井太助ではなく、杉沢吉左衛門と名乗っておられた。刀が仕あがる十日後、すなわち、浅野家のご浪人方が吉良邸に討ち入る数日前に、受けとりに見えるはずでございました。しかし、川井どのは十日がたっても刀を受けとりには見えず、一年がたった今以《もっ》て見えておりません。

よって、刀はわが主がお預かりいたしたままでございます。小原どの、詳しくご存じでなくともよいのです。川井どのの消息を知る手がかりになれば、それだけでもありがたい。川井どのに刀を、おかえしせねばならんのです」

「かかり合いのない方の、消息を訊ねられても困ります。わたくしは古沢の富次郎でございます。それに刀をご注文なさったお侍さまは、杉沢吉左衛門と名乗られたのでございましょう。何ゆえ川井太助さまと、おわかりなのでございますか」

　小原は顔をあげなかった。

　十蔵が、「小原どの」と言いかけたとき、店の間の片隅に見える内所の片引きの襖《ふすま》がわずかに引かれた。赤ん坊を抱いた若い女が店の間に顔をのぞかせ、十蔵と目が合った。十蔵は菅笠を伏せるように、小さく会釈をした。

　女は内所に背中を向けている小原の様子を見て、すぐに襖を閉じた。

　あれは小原の女房と子か、と十蔵は思った。

　短い間をおいて、また内所の襖がわずかに引かれ、今度は白髪の目だつ年配の男が隙間から店の間をのぞき見た。年配の男も、すぐに襖を閉じた。おそらく、年配の男は先代の古沢の主人なのだろう。

　小原は侍を捨て、先代の娘婿となり、古沢の主人となったと聞いている。

「その杉沢さまにはなんぞ事情が、あるのでございましょう。申しわけございません。お役にはたてません。何とぞ、お引きとりを願います」

小原は目を伏せて繰りかえし、十蔵が諦《あきら》めて引きあげるのを待った。

「じつは、一昨日、ある若い女性《にょしょう》が、一戸前家を訪ねてこられました。女性の名前は由良。そうとは申されませんでしたが、由良どのはおそらく赤穂の方で、川井太助どののお内儀と思われます」

目を伏せた小原のまつ毛が、細かく震えた。

「由良どのは、どの筋を通してかは存じませんが、川井太助どのが一戸前国包にひと振りの打刀を注文したことを知られたらしく、川井太助どのの住まいを訊ねるために見えたのです。それでわが主も、杉沢吉左衛門と名乗って刀を注文した方が、川井太助どのと知ったのでございます。川井太助どのは吉良邸討ち入りの盟約を交わした方々のおひとりでございましたな。それがし、ある読売屋に伝《つて》がございます。その読売屋は、吉良邸討ち入りの一件が起こる以前より、亡君の恨みをはらす同志の盟約を交わした方々の名をつかんでおりました。申すまでもなく、小原富次郎どのの名もその中にございました。討ち入り前になって、それぞれ事情があって脱盟し、姿をくらまし、行方の知れぬ方、わかる方がおられます。小原どのがこちらでお暮らしであることは、読売屋より教えられたのでございます。小原富次郎どのが、川井太助どのの小姓衆役の上役であったとも」

小原は、虚《むな》しげにため息をついた。身を硬くしていた姿勢が、わずかに脱力したのがわかった。

由良どのが……

と、小原は古い知り合いのように呟《つぶや》いた。そして、十蔵に訊ねた。

「江戸にきておられるのですか。むごいことだ。川井家のどなたと、江戸に出てこられたのですか。身を寄せられている先は、どちらに？」

「どなたと江戸に出てこられ、どちらに身を寄せられているかは、存じません」

十蔵は、それは言わずともよいと思った。

小原は顔を店裏のほうへ向け、「左太吉、さたきち」と呼びかけた。

折れ曲がりの土間の奥から、お仕着せを着けた小僧の左太吉が、「へえい」と早足で出てきた。

「お客さまとお話がある。そこまで出かけるから親父さまに店番を頼んでおくれ。お話が済んだらすぐに戻る。長くはかからない」

「へえい。どちらにお出かけですか」

「そうだな。そこの龍寶寺さまの境内にいる。伊地知さん、ここでは話しづらいのです。外で……」

小原は前土間におり、先に立って店を出た。

珠嶋山の扁額《へんがく》のかかった山門をくぐると、龍寶寺の境内に昼さがりの日がのどかに降っていた。参詣客の姿は少なかったが、小原はそれでも人目をさけるように本殿わきへ廻り、竹藪に囲まれた小さな仏堂の前まできて、足を止めた。

竹藪を透《とお》して、冬の日が仏堂の瓦屋根に斑《まだら》な模様を落としていた。

「伊地知さん、こんなところにお連れして申しわけない。女房と義父母は、わたしが元浅野家のは、女房と義父母がいい顔をしないのです。女房と義父母は、わたしが元浅野家の家臣と知っております。ですが、それが界隈に知れわたりますと、古沢は、忠義に殉じた赤穂浪人を裏ぎり、不義を働いた武士を婿養子に迎えた、古沢の新しい主人は不忠者の侍の成れの果てだと、白い目で見られるでしょう。そのとおり、わたしは小原富次郎の名を捨て、武士の忠義を捨て、古沢富次郎になって生きる道を選んだのです。ここがゆき止まりと、恥を捨てて決めたのです」

小原は十蔵へふりかえった。

「赤穂に、妻と子がおりました。浅野家断絶後、亡君の仇討《あだう》ちの盟約を交わすことを妻の実家《さと》や縁者が反対しました。わたしが吉良邸に討ち入って御公儀の咎めを受ける身となり、その累がおよぶ事態を恐れたのです。わたしは妻と子を離縁し、盟約を交わし、同志に加わったのです。夏の初めに、江戸へ下りました。そのとき、小姓衆の中村清右衛門と鈴田重八郎と川井太助の三人が一緒だった。わたしは、川井が同志に加わるとは思っておりませんでした。抜群に剣術の腕がたち、忠義の心もあったと思います。けれど、川井はひどく臆病な男でした。よく言えば気の優しい男。人と激しく争うことを好まぬ、そういうことが不得手な、あり体《てい》に言えば、そういう場に出くわすと怯えが明らかにわかる、すなわち腰抜けでした。本人はおのれの臆病な気性を隠し、表向きは懸命に武士らしくふる舞っておりましたが、川井太助にどれほどの働きができるのかと、訝《いぶか》しく思っておりました」

そこで小原は、自嘲《じちょう》を垂れ流すような笑い声をもらした。

「わたしがいかに無様で滑稽《こっけい》な人間か、おわかりですね。川井の臆病な性根を訝しく思っていたわたしが、夏の初めに江戸へ下った四人の中で、真っ先に脱盟したのですから。ある女と懇ろになり、子ができたと言われました。その途端、国元の妻と子を捨て、武士の忠義を守って死ぬと覚悟を決めたのに、無性に生きたくなったのです。武士などもうよい。刀などいらぬ。別の者に生まれ変わりたい、これまでとは違う者になって生きなおしてみたいと、突然、思ったのです。その始末がこれです。商人の娘の婿養子になって所帯を持ち、商人になり、子が生まれ、こうして恥ずかしげもなく生き長らえております」

「浅野家の中で、吉良邸に討ち入らなかった家臣のほうが多いのです。それほど自分を責めなくとも、よいのではございませんか」

十蔵は言った。

「去年の十二月十五日に、赤穂浪人の吉良邸討ち入りがあって、いつかはその日がくるとわかっておりましたのに、霹靂《へきれき》に打たれたように感じました。十五日の夕刻には、江戸市中に四十七人の赤穂浪人の名が知れわたりました。その中に、ともに江戸へ下った小姓衆の中村清右衛門と鈴田重八郎、そして川井太助の名が見あたらず、じつは、少しほっとしたのです。中でも川井太助が脱盟していたとわかって、あの男はやはりそうであったかと、自分の身は棚にあげて、胸のつかえが少し楽になったのを、覚えております」

そう言った小原の顔つきに、自嘲の色がにじんだ。

「伊地知さんのご主人の一戸前国包どのは、注文の刀をわたすためだけに、川井太助の行方を気にかけておられるのですか。それとも、由良どのから川井太助を捜してほしいと頼まれたのですか」

「由良どのは、川井太助どのの妻であることも、国元が赤穂で、川井太助どのが元浅野家の家臣であったことも、わが主には仰らなかったのでございます。川井太助どのに訊かねばならぬことがある、と言われたのみにて」

「訊かねばならぬことがあると……」

「今ひとつ、由良どのは、刀を自分が代わりに受けとり、川井太助どのに届けるとも申し入れられておりました。わが主は、持ち主の許しを得ずにそれはできかねるとお断りいたしました。由良どのは、ひどく落胆しておられ、それはもう痛々しいほどだったそうでございます。それがあって、わが主がそれがしに申したのです。仕あげた刀を持ち主の川井太助どのにかえさねばならぬ、とでございます」

「それだけで、わざわざここまで、訪ねてこられたのですか」

「刀を持ち主にかえすことが、刀鍛冶の務めでございます。刀に魂を入れる務めが持ち主にはございますゆえ」

　そうこたえた十蔵を、小原は冷やかに笑った。

　しばしの沈黙に耽り、竹藪を透して射す昼さがりの斑な光を、まぶしそうに見あげた。そして言った。

「わたしはもう赤穂浪人ではありませんから、以前の浅野家の方々といっさいかかり合いはありません。川井太助がわたしの配下の小姓衆だったことは、読売屋のつかんでいたとおりです。江戸に下ったのちもわたしは、まるで上役が下役に接するように、川井に親身に声をかけたりしておりました。武士の忠義のために命をすてる覚悟をした同志に、上役や下役があるはずもなく、滑稽と言わざるを得ませんが。川井太助の居どころは知りません。もしかしたら……」

と、小原は十蔵へ視線を戻した。

「川井は、同志に知られぬよう、賭場へいっておりました。確か、深川の富岡八幡の、そう、八幡金蔵という貸元の賭場です。本人から聞いた覚えがあるのです。川井は赤穂にいたときから、小姓役の朋輩や家の者に知られぬよう、賭場に通っていたのです。むろん、わたしも気づいておりませんでした。川井は、五石二人扶持の足軽の生まれです。城下の新陰流の道場で腕をあげ、十代のうちから抜群の使い手と評判の男でした。剣術に優れているのみならず、容姿も城下の噂にのぼるほどの若衆でした。代々小姓衆を務める家柄の、川井重右衛門《じゅうえもん》の娘の由良が、川井太助を先に見初めたのです。殿さまのお側近くに仕える小姓衆と足軽風情の身分の違い、家格の違いを云々《うんぬん》する親類縁者の反対はあったようです。だが、折りしも、川井重右衛門が重い病に臥《ふ》せって、跡とりの養子を急いで迎えねばならなかったのです。そのため、養子婿として川井家に迎えられ、川井太助になったのです。由良と夫婦になると、すぐに重右衛門の番代わりで小姓衆に任ぜられました。五石二人扶持の足軽の倅《せがれ》が、三十石三人扶持の小姓衆にいきなり就いたのです。先ほど申したように、川井は臆病で気の弱い男です。慣れない小姓衆の役目や川井一族の中で、きっと気苦労が絶えず、気の休まる暇がなかった。こっそり賭場に通って、鬱屈《うっくつ》を散ぜねば身が持たなかったのでしょう」

「深川の、八幡金蔵の賭場でございますな」

小原は小さく頷き、なおも続けた。

「愚かにもわたしは、川井から賭場で遊んでいると打ち明けられ、われらは亡き殿さまの仇の吉良上野介を討つために江戸に下ったのだ、武士の忠義を捨てる気か、身を慎めと、厳しくたしなめました。しかし、川井は、承知しております、と打ち萎《しお》れてこたえるのみでした。そののちも川井は博奕《ばくち》をやめられなかったと思われます。同志に隠れて、賭場通いを続けていた節がうかがえました。それに気づきながら咎めなかったのは、わたし自身が脱盟を考えていたからです。川井をたしなめたわたし自身が、武士の忠義を捨てようとしていたからです」

小原はまた、十蔵から目をそらし、空を見あげた。竹藪の上に、昼さがりの空が広がり、雲が浮かんでいる。

「川井が赤穂へ戻れぬのは、わかります。武士の忠義のために命を捨てる覚悟で赤穂を出た者が、おめおめと生き長らえて赤穂へ戻ることなど、できるわけがないのです。川井太助もわたしも、中村清右衛門も鈴田重八郎も、みな同じです。川井は間違いなく江戸におります。八幡金蔵の賭場にいけば、居どころはつかめるでしょう。そんな気がします」

五

元禄六年に新大橋《しんおおはし》、元禄十一年に永代橋が大川《おおかわ》に架けられ、富岡八幡宮の参詣人の数はいっそう増えた。

永代寺と富岡八幡宮の門前に町家が開け、容色麗しい茶汲み女が参詣客に酒肴《しゅこう》を供する門前茶屋や料理茶屋が、華やかに軒を並べていた。

富岡八幡宮の大鳥居前を東へすぎ、三十三間堂が川沿いに建てられた平久川を越えた島田町のその裏店から、東方一帯に広大な木置場が見わたせた。

その朝、四畳半の引違いの腰障子を日が白く染めて、川井太助は目覚めた。

木置場のほうから、材木を打つ乾いた音や男たちの声が聞こえていた。

もう朝の営みが、木置場ではとうに始まっている気配だった。

昼間は男たちの威勢のいい声が賑《にぎ》やかに飛び交うが、日暮れから翌朝の払暁までは、広大な木置場に夜の帳《とばり》が深々とおり、不気味なほどの静寂と、ときには濃い靄《もや》にすべてが霞《かす》むのだった。

三十三間堂町の賭場から戻ったのは、昨夜の夜半すぎである。酒を呑んで、冷たい布団にくるまった。頭の中を灰色の砂塵《さじん》が舞い、寄せては引くような痛みに繰りかえし襲われた。

胸の鼓動が、絶えず煩わしい音をたてていた。

太助は、何も考えられなかった。ただ、頭の痛みに耐え、ぼんやりと眠りに落ちるまでの、夜の長い空虚をやりすごした。

ときはすぎるのではなく、胸の鼓動とともに消えていった。

不意に、目の前の暗闇の空洞の中に横たわる亡骸が見えた。太助はそれがおのれ自身の亡骸と気づいて、うろたえた。

悲鳴をあげた瞬間、白々とした日の映った腰障子が見えたのだった。

いつの間にか眠っていた。雨戸を閉め忘れたまま、寝てしまった。

しかし目覚めると、頭の中を灰色の砂塵が舞い、頭痛が再び始まった。

まだ眠りたいが、眠れないのはわかっていた。しくしくと続く頭の痛みが、眠りを妨げるからだ。いつものことだった。

太助は布団を這《は》い出て土間へおりた。流し場の下の水瓶《みずがめ》の蓋《ふた》をはずし柄杓《ひしゃく》を差し入れると、水瓶に張った氷の割れる音がした。柄杓に半分ほどの水を飲み、部屋のあがり端に腰かけた。

月代ののびた頭を抱えた。目覚めるたびに、そうしてじっと痛みに耐えた。店は冷えこみ、自分の息が白く見えた。

路地のどぶ板を鳴らし、裏店の住人の足音が通りすぎていった。井戸端のほうでは、裏店のおかみさんらの話し声が聞こえてきた。おかみさんらの声にまじって、またどぶ板を鳴らす足音が今度は近づいてきた。

太助は、かすかな苛《いら》だちを覚えた。どぶ板が乾いた音をたてるたびに、頭に響いたからだ。二人の足音だった。店の前まできたのがわかった。早く通りすぎてくれ、と腹の中で言った。

ところが、足音は通りすぎなかった。

太助は抱えていた頭を持ちあげた。店の前に立ち止まった人の気配がした。

太助は部屋へあがり、枕元に投げ捨てた黒鞘の二刀をつかんだ。

と同時に、表の板戸が叩かれた。

「ごめんください。杉沢吉左衛門どのはご在宅ですか。杉沢吉左衛門さん……」

張りのある男の声が続き、板戸がまた叩かれた。

太助は寝間着代わりの帷子《かたびら》の帯に小刀を差し、大刀を左手につかんで土間へおりた。そして、片引きの腰高障子と閉じた板戸ごしに声をかえした。

「どなたですか」

短い沈黙をおいて、訪問者がこたえた。

「杉沢吉左衛門どのですね。わたしは京橋南の弓町にて、刀鍛冶を営みます一戸前国包と申します。昨年十二月、杉沢吉左衛門さんよりご注文いただきました打刀ひと振り、お届けにあがりました。ご注文の打刀には、武蔵国包、とわが銘を入れさせていただいております」

あっ？　と太助は思わず声をもらした。

真っ赤に焼けた刃鉄から飛び散る火花が見えた。打ち落とす槌音が響き、太助の鼓動をかき消した。頭の中を灰色の砂塵が吹き荒れ、ときのかけらが飛散した。

「ただ今……」

太助は自分をとり戻し、平静を装って、腰高障子を引き、板戸を開けた。板戸を引き開けた途端、日陰になった路地の板屋根の上に広がる、鮮やかな青空が目に入り、思わず太助は目を細めた。

その青空の下に、菅笠をかぶって、農紺と茶の羽織を着けた二人の侍が立っていた。路地の中ほどの井戸端で洗濯をしていたおかみさんらが、話を止め、二人の侍と太助のほうへふりかえっていた。

太助は長身だが、二人の侍も同じほどの背丈があった。菅笠の陰から見つめる目が鋭く、唇を強く結んでいた。

そうか。武蔵国包はこういう男だったか、と思い出した。

太助の脳裡《のうり》に、一年前の鍛冶場を訪ねたときの刃鉄から飛び散る火花と、横座と向こう槌の槌音が再び甦った。

「武蔵国包どの、このようなところにわざわざ……」

言いかけた言葉が続かなかった。

国包と十蔵は辞宜をし、表情をゆるめた。

「杉沢吉左衛門どの、ようやくお会いできました。はや一年がたちます。ご注文の打刀ひと振り、お届けにあがりました」

国包は刀を納めた太刀袋を、背にかついでいた。

「あ、いや、そ、それは……」

太助は戸惑った。武蔵国包の打刀を注文したことは忘れてはいない。だが、それはもうよいことと、打ち捨てていた。あれはもう用がなくなった。

太助自身に、生きる用がなくなったからだ。

「杉沢どの、お届けにあがったひと振りは、杉沢どののご注文を受け、沸きたつ刃鉄を鍛錬し、十日をかけて作りあげました。何とぞ、お納めください」

国包は戸惑いを隠さない太助に、穏やかに言った。

「事情が変わり、刀はもういらぬと申されるのであれば、いたし方ありません。この刀をわたしのひと振りとして収めることに、異存はありません。しかしながらその場合、前金としていただいた一両を、おかえししなければなりません」

すると、太助は伏せていた目をあげ、「前金など、もう」と、戸惑いを隠さずに言った。国包は穏やかに続けた。

「杉沢どの、このひと振りについて、申し入れがあります。正しくは、申し入れがあったと言うべきなのでしょうな。立ち話で済む申し入れではありません。少しお暇をいただきたいのです」

太助はためらい、寝起きのままの布団が乱れた四畳半へふりかえった。

汚れた薄暗い部屋と、午前の日を映す障子が白々と見えた。二人の侍は、ゆるぎなく立ちはだかって、引き退く様子は見えなかった。

「少々お待ちください。せめて、布団を片づけます。それから、湯を沸かし、茶の支度などを……」

太助は諦め、ため息を吐いた。

引き開けた四畳半の東側の腰障子の外に、材木問屋、原木、製材業者の土蔵や家屋が水路に沿ってつらなり、夥《おびただ》しい材木が堤端に林立し、また積みあげられ、水路のあちらこちらに浮かんでいる木置場の光景が眺められた。

真っすぐに通った水路には、午前の日が降り、紺色の水面《みなも》が輝いていた。その輝かしい水面に、川鳥がのどかに漂っている様子も見えた。

見わたす限りの木置場を、天空が果てしなく覆い、木材を打つ乾いた音や働く男たちの戯れるように聞こえる声が、青空へかき消えていった。

部屋は火の気がなく、冷えきって薄汚れていた。それでも、部屋から見える光景がいたわしいほどの清涼を誘っていた。

部屋には、枕屏風《まくらびょうぶ》の囲った布団が片隅にあるのみで、火桶《ひおけ》も火鉢もなかった。米櫃《こめびつ》と柳行李《やなぎごうり》が一方の隅に並び、米櫃のわきに酒の徳利と汚れた碗が見えた。

太助は竈《かまど》に火を入れ、鉄瓶《てつびん》をかけて湯を沸かし始めた。

国包と十蔵に向けた太助の着流しの背中は、痩《や》せて丸くなっていた。

「一戸前どの、寒ければ障子をご自分で閉めてください。今年の春、この店に住み始めてから、一度も掃除をしていないのです。かび臭いでしょうが、わたしは気になりませんから。どうでもいいのです。冬は寒いので、何日も身体を洗っておりませんしね。この店に客を迎えたのは、今日が初めてです」

顔だけをひねってそう言った太助の横顔は、月代がのび、薄い無精髭《ぶしょうひげ》が口の周りを覆っていた。顔色は青白く、頰は瘦《こ》け、目の下には隈《くま》ができ、二十六歳よりずっと老けて見えた。

それでも、鼻筋の通った端整な顔立ちと、手足の長い長身はわかった。日の光の下に屈託なく佇《たたず》めば、美しい男子に違いなかった。

三日前、鍛冶場に訪ねてきた由良と、似合いの夫婦に思われた。

「寒くなれば、そのようにさせていただきます。今はこのままで」

国包は、さり気なくかえした。

「わたしがここにいることを、どのようにしてお知りになったのですか」

太助の丸い背中が言った。

「永代寺門前町の貸元の、八幡金蔵さんからうかがいました。こちらには、金蔵さんの世話でお住まいだそうですね」

「ゆくあてのないわたしを、ただで住まわせてくれたのです。わたしの腕を見こんで、人手が要るときに手を貸すというのが約束です。わたしのような食いつめ者の痩せ浪人を、ありがたいことです」

「赤穂城下の新陰流の道場で、剣術の修行をなされたそうですね。若くして抜群の腕前と、城下でも評判だったと、聞いております」

するとと太助は、竈の前の身体をはじかれたように国包へ向けた。

国包をじっと見つめ、それから、後ろに控えた十蔵を物問いたげに見廻し、再び国包へ戻した。

「金蔵親分は知らぬはずです。わたしの素性を、誰に聞いたのですか」

「三日前、ある女性がわが鍛冶場に訪ねて見えました。その女性より、杉沢吉左衛門どのが、本名は川井太助どのと聞かされました。それからこちらでも調べると、元赤穂浅野家の川井太助どのとわかったのです」

無精髭に覆われた太助の唇が、引きつったように歪《ゆが》んだ。

沈黙が部屋を包み、竈にくべた薪《まき》が音をたてて燃えていた。木置場のほうより、材木を打つ乾いた音が聞こえた。

太助は、何もかえさなかった。竈へ向きなおり、物憂げに丸めた背をいっそう丸くし、鉄瓶に湯が沸くのを待った。

やがて、鉄瓶のそそぎ口から湯気がゆるやかにたった。

その長い沈黙のあと、太助は「そうでしたか」と、ようやく言った。

「そのとおりです、一戸前どの。元赤穂浅野家の家臣・川井太助がわが本名です。亡主浅野内匠頭さまの鬱憤を散ぜんがために、一年前の十二月十五日の未明、吉良邸に討ち入るはずでした。わたしが逃げ出さなければ、吉良邸討ち入りは四十八人になっていたのです」

太助は鉄瓶の湯を急須《きゅうす》にそそいだ。薄《うっす》らと湯気がのぼり、粗末な裏店に似合わぬ煎茶《せんちゃ》の香りが漂った。茶の支度をしながら、

「わたしは武士の忠義を捨てた卑怯《ひきょう》者です。不義を働いた武士です。そんな者に武

士と名乗る値打ちはありません。戻る国もありません。よって、このようなあり様に落ちぶれ果てました」

どうぞ……と、国包と十蔵の前に茶碗をおいた。そして、国包に向き合い、改めて端座した。だが、すぐにそれが耐えられぬ様子を見せ、米櫃のわきの徳利と碗に手を伸ばした。

「許してください。徳利を傾け、碗に酒をそそいだ。わたしは、これをいただきます。頭痛がやまぬのです。酒を呑んでまぎらわしています」

太助は汚れた碗にそそいだ酒を、ひと息にあおった。

骨張った肩を大きく上下させ、震えるような呼吸を繰りかえし、無精髭の生えた口の周りを、掌で無造作にぬぐった。

その仕種に、太助の荒《すさ》んだ投げやりな日々がうかがえた。

「川井どの、わが鍛冶場に訪ねて見えた女性がどなたか、なんの用があって訪ねてきたか、お訊きにならぬのですか」

温かい茶をひと口含んで、国包は言った。

しかし、太助はそれにかえさず、「なぜだ。なぜ、見捨てぬ」と、顔を歪めて吐き捨てた。その女性が妻の由良であることに、気づいているのがわかった。

太助は苦しげに言った。

「わたしのような者が、何ゆえ吉良邸討ち入りの盟約に加わったのか、よくわからぬのです。わたしは、恐かった。吉良邸に討ち入るいざその場に臨んで、逃げ出しかねない自分がわかっていたからです。それでも武士かと、自分でも罵《ののし》りたくなるそんな自分の性根が恐かったのです。それがご覧のように、自分でもわかっていたとおりわたしは逃げ出し、この様《ざま》です」

碗に酒をついだ。

「浅野内匠頭さま切腹、浅野家断絶が決まり、家中に亡君の鬱憤を散ぜんがために吉良上野介どのの首《しるし》をあげる盟約を結ぶ気運が高まっていたとき、わたしはその盟約には加わらぬだろうと、内心では思っておりました。次の奉公先が見つかるだろうか、浪人の身となってどのように暮らしをたてていこうかと、内心では考えていたのです。例えば、城下で剣道場を開こうか、とも考えたりしておりました。剣術には自信があったのです。城下の新陰流の道場に通う門弟の中で、わたしに敵《かな》う者はおりませんでした。わたしは誰にも負けない自信がありました。ただし、稽古場では。刀で斬り合ったことは、一度もありません。わたしには無理だ。成りゆきによっては、もう武士を捨ててもいいと、本気で考えておりました」

それから碗の酒を、またひと息に呑み乾《ほ》した。

「あのとき、朋輩の小姓衆の中村清右衛門と鈴田重八郎に、吉良上野介を討つことこそが武士の忠義である、ともに盟約に加わろうではないかと誘われ、わたしは断れなかった。武士の忠義と言われれば、断れません。わたしはむしろ、進んで盟約に加わるふりをしたのです。一昨年、元禄十四年の十二月に山科《やましな》の大石さまの住まいに上方や国元にいた赤穂の浪人五十七人が集まり、かつて血判を押し大石さまに差し出した神文《しんもん》を廻して、吉良上野介を討つ真意を確認しました。いくしかありませんでした。翌年の内匠頭さまの一周忌がすぎた夏の初め、小姓衆の中村清右衛門と鈴田重八郎とわたし、それにわれら小姓衆の上役だった小原富次郎の四人が、江戸の同志と合流するため出立したのです」

「吉良邸に討ち入った赤穂浪人四十七人の中に、川井さんを始め、四人の名前はありません。逃げたのは、川井さんひとりではなかった」

「一戸前どの、それがなんですか。武士の忠義をと主張した朋輩が、臆病者のわたしより先に脱盟した。なんたることだ。ですが、だからと言って、吉良邸討ち入りから逃げた負い目が消えるわけではありませんよ。早いか遅いか、それだけの違いです。朋輩らの裏ぎりをあげつらっても、手遅れです」

「吉良邸討ち入りから逃げ、同志を脱盟したのは、武士の忠義がどうであれ、負い目を抱えてでも生きる道を選んだのではないのですか」

国包はなおも言った。

「身体に武芸の才は具わっていても、わが心に武芸の才は具わっていなかった。なんという片落ちでしょう。それならば、どちらもないほうが、まだましだった。吉良邸の討ち入りが近づき、わたしは怖気《おじけ》づき、武士の面目を失っても、命を惜しんだのです。その挙句が、わが命は助かり、こうして生きのびた。ところが、生きのびても命の使い道、生きる道がないことに、気づかされただけでした。いかにおのれの命が馬鹿ばかしいか、いかにつまらぬか、それを思い知らされただけでした。生き長らえて初めて、おのれがいかに無用の者か、思い知らされたのです」

言葉が途ぎれ、深く長いうなり声が沈黙の中へと沈殿していった。

太助の顔色はいっそう褪《あ》せ、寂しげなひと重の目だけが赤く血走っていた。

「お内儀の由良どのが、川井どのの行方を捜すために、江戸へ出てこられているのです。由良どのはわが鍛冶場に見え、川井どのに会わねばならぬと、申しておられた。川井どのに会って訊ねねばならぬ、とです。川井どのが、無用の者ではない証《あかし》ではありませんか」

「一戸前どのは、憎まれ蔑《さげす》まれても、それを抱えてでも生きる値打ちはあると、言われるのですか」

「川井どのは、由良どのが川井どのを憎み蔑むために行方を捜しておられると、お考えですか。それならば、譬《たと》えようもないほどの徒労ですな。そんな愚かなことのために……」

国包は、そのために由良が今どんな境遇にあるか、言うのをはばかった。

「川井どのの行方がわかれば、教えてほしいと言われた。由良どのに、この店を教えても、よろしいですな」

「駄目です。あの女には会えません。わたしはまた、逃げなければならない。わたしは逃げるのに、もう疲れた。わたしのことは、放っておいてください」

太助はうな垂れ、両の掌で頭を抱えた。そして、

「ああ、頭が痛い……一戸前どの、お願いだ。それはやめてください」

と、うめき声を絞り出した。

国包は、右膝わきに黒鞘の大刀と太刀袋に入れたひと振りを、並べて寝かせていた。そのひと振りをつかんで、太助の膝の前においた。

「これがご注文の、打刀です。武蔵国包と、銘を入れております。由良どのは、申

し入れられました。残金の二両を支払って刀を自分が譲り受け、川井どのに届けると。しかしそれは、川井どのの許しがなければできかねると、お断りいたしましたが、あとになって、川井どのが元赤穂浅野家の家臣とわかり、川井どのがこの刀を携え、吉良邸討ち入りに臨まれるおつもりだったと、推察いたしました」

頭を抱えていた両の掌を差しのべ、震える両手で太刀袋のひと振りをにぎった。

「川井どの。どうぞご覧になってください。もしかしたら、吉良どのの首をあげたかもしれぬ刀です」

「いいえ、一戸前どの。これはわたしの刀ではありません。わたしは、元々、この刀を持つ値打ちなどなかったのです」

「それでは、由良どのの申し入れを受け、由良どのにお譲りしてよいと、お考えなのですか。すなわち、赤穂より江戸へ出てあなたの行方を捜している由良どのに、会わぬつもりですか」

「会えません。わたしは会えぬのです」

太助は小さく何度も頷き、繰りかえした。

「一戸前どの、つ、次にあの女と、会ったときに、由良に会ったときに伝えてください。わたしのことは忘れ、赤穂に戻り、由緒ある一門の息女に相応《ふさわ》しい夫を見つけ、末長く暮らすようにと、伝えてください。そ、そうだ。刀の残金をお支払いいたします。少々お待ちを」

太助は立ちあがったが、わずかな酒に酔い、足下が覚束なかった。身体をふらつかせながら、部屋の隅の行李からつばくろ口の袋をとり出し、太刀袋のひと振りの上においた。袋の中の白木の鞘が、硬い音をたてて鳴った。

「こんな暮らしをしていても、金はあるのです。使い道を知らなかっただけです。やっと金の使い道が、わかりました。刀と一緒にあの女に、わたしてください。吉良邸討ち入りを知ったのは品川宿でした。愚かにも、この金を由良にわたすため、赤穂に帰るつもりだったのです。けれど、武士の忠義を捨て、不義を働いた者に、帰る国などどこにもないのだと、あの品川宿の朝、気づいたのです。わたしは、由良の夫になる値打ちはなかった。会えるわけが、ないではありませんか。見てください、この様を……」

太助は太刀袋とつばくろ口の袋を、国包の膝の前へ押しやった。そのまま、畳に手をついた恰好で、痩せた両肩に頭を埋《うず》めた。月代をのばし、無精髭が生え、頬の痩けた顔を力なく伏せ、なおも言った。

「一戸前どのは、一年もわたしを待っていてくれた。ありがたい。礼を申します。

一戸前どのにお願いしたい。この金と刀を、由良にわたしてやってほしい。まだ二十両以上残っています。ここから、刀の残金をとり、残りを由良にわたしてやってください。そして、これが武士の忠義を捨てた男の値打ちだと、由良に伝えてやってください」

太助は、ひどい負い目を抱え途方に暮れていた。

国包には、もう言葉がなかった。青空の下の木置場で材木を打つ乾いた音が、また聞こえてきた。

六

島田町から、永代寺門前町の往来に出た。

三十三間堂町をすぎ、富岡八幡宮の大鳥居が見えるあたりまでくると、参詣人と料理茶屋や腰掛茶屋の客引きの賑わいが見えた。まだ昼前ながら、三味線や太鼓がどこかの座敷で鳴らされている。

「……確かに、川井どのの負い目は哀れです。それでも、なぜ吉良邸討ち入りの盟約に加わったのか、それがしには解《げ》せぬ感じがいたします」

と、十蔵はなおも続けた。

「一昨年、山科の大石内蔵助どのの住まいに集まった五十七人のうち、江戸へ下ったのは半数以下と聞いております。多数が脱盟したあの折りに、川井どのも脱盟できたと思うのです。川井どのは、早いか遅いかだけで、武士の忠義を捨てたふる舞いは同じだという口ぶりでしたが、それがしには同じとは思えません。せめてあの折りに脱盟しておれば、違う顚末になっていたのでは、ありませんか」

「そうかもしれぬな。川井太助は、吉良邸討ち入りの間近まで脱盟しなかった。もっと早く脱盟していれば違っていただろうに、それができなかった子細が、われらには話せぬ子細が、ほかにあるのかもな」

国包は、三日前の由良の姿を思い浮かべつつ言った。

「十蔵、川井太助は不義を働いた武士と言っていたな。不義を働いたとは、どういう意味だと思う」

「武士の忠義を捨てた卑怯者、というほどのことではありませんか」

「それだけか」

国包の腹の底に、不義の言葉がわだかまった。

吉良邸に討ち入らなかった武士は、不義を働いた武士か。そうではあるまい。

国包は、懐に差し入れたつばくろ口の金の重みを感じていた。この金は、どういう金だ。なぜ、太助はこれほどの大金を持っていた。博奕で稼いだのか。

それともこの金は誰かの……

ふと、国包の脳裡に疑念がよぎった。

「今日はもう仕事はやめだ。午後は由良に刀とこの金を、届けにゆく。十蔵、由良の地獄宿へ案内を頼む」

「承知いたしました」

十蔵は即座にこたえた。

一戸前国包と伊地知十蔵の主従が、そんな遣《や》りとりを交わしつつ、門前町の往来を永代橋のほうへゆく半町ほど後ろより、南町奉行所の同心・尾崎忠三郎と手先の重吉がつけていた。

「どうやら、じいさんのほうが家来のようだな。重吉、あの二人の片割れは、弓町の一戸前国包じゃねえか。武蔵国包さ」

尾崎は永代寺門前仲町《もんぜんなかちょう》のあたりまできて、門前仲町の人ごみの間を見え隠れする二人の後ろ姿を目で追いながら、手先の重吉に言った。

「はあ、そう言やあ、昨日、鍛冶場で見た刀鍛冶に似てるような気がしやす。あんな感じでしたかね。烏帽子をかぶって槌をふるっていたんで、よくわからねえ」

「おれは、常盤町へ寄って、三日前の辻斬りの様子を、三河屋《みかわや》の女郎にもう一度訊きにいく。それから奉行所へ戻り、刀鍛冶の武蔵国包のことをもう一度、調べなおしてみるぜ。川井太助が、討ち入りに使う刀を頼んだ武蔵国包だ。忠義面して刀を作ったんだろうが、怖気づいて逃げ出しやがったがな。前をゆくのが、一戸前国包なら、昨日、鍛冶場で話を聞いたときとは、ずいぶん感じが違うな」

「へえ、どう違うんです？」

「昨日は、川井太助を知らねえと言っていやがった。それが今日になって川井太助を訪ねていやがる。一戸前の話はあてにならねえぜ。それに、昨日はただの刀鍛冶と思っていたが、一戸前は侍じゃねえか」

「そうですね。あの二人連れはどう見ても侍ですぜ。一戸前は背中に太刀袋をかついでおりやす」

「もしかしたら、あれが川井の注文した武蔵国包かもな。そいつを川井に届けにいったが、川井には代金がなかったから、わたさなかったのかな」

重吉は、どうなんでしょうね、というふうにうなった。

「侍が刀鍛冶の職人になることは、珍しくねえ。浪人が町家の自由鍛冶を生業《なりわい》にするのさ。ただな、重吉、気をつけてつけろよ。武蔵国包が名工かどうかは知らねえが、あの二人は相当の腕利きだぜ」

「へえ、見かけだけでわかりやすか」

「わかるさ。これでも侍同士だ。それぐらいわからねえでどうする」

「もっともでやす。町方だって、お侍でやすから」

「ふん、町方だってか。まあいい。おめえはあいつらが弓町の鍛冶場に戻るかどうか、つけて確かめろ。もしかして、あいつらも川井太助の辻斬りの一味かもしれねえ。油断して気づかれて、一刀の下に彼《あ》の世いきなんてことにならねえように、用心しろよ」

「冗談じゃありやせんよ。嚇《おど》かさねえでくだせえ。おお、恐……」

と、重吉がおどけた突袖《つきそで》をして門前仲町の通りの人ごみの中にまぎれていくのを見送り、尾崎は通りとは反対側の山本町《やまもとちょう》の小路へ折れた。

半刻後、国包と十蔵が弓町の店に戻ると、上杉家の山陰久継が訪ねており、国包と十蔵の帰りを待っていた。

山陰は、十畳の客座敷の床の間と床わきを片側にして、閉じた腰障子を背に、中背瘦軀の身体を畳に埋《うず》めるように着座していた。閉じた腰障子には、狭い庭に降る昼を廻ったころの明るい日射しが白く映り、山陰の肩をすぼめた瘦軀を濃い影で隈《くま》どっていた。

国包と十蔵は山陰に対座し、辞宜を述べた。

「先日は、不作法不体裁な姿をお見せいたし、恥ずかしき限りでござる。友成さまよりあとでおうかがいいたし、まさに汗顔のいたり、身のおきどころもない老いぼれの始末でござる。一戸前どの、伊地知どの、無礼の段、お許しください」

山陰は、いっそう肩をすぼめて言った。

「お気になさらずに。先夜、山陰どのより子細をうかがい、出府なされた事情は承知いたしております。ご心労は無理からぬことと、お察しいたします」

「お気遣い、いたみ入ります。ああ、よかった。安堵《あんど》いたしました。こちらにお訪ねする途中、先夜の不作法を、一戸前どのと伊地知どのにどのようにお詫《わ》びいたそうかと、老いぼれの頭をあれこれ悩ませておりました」

ちょうどそこへ、お駒が新しい茶碗を運んできて、山陰の前の茶碗を替えた。

山陰はゆるやかな湯気のたつ茶を喫し、国包はこちらからは急《せ》きたてずに、自らも一服した。

茶碗をおいた山陰は、気持ちをきり替えるかのように咳払《せき》いをした。

「本日おうかがいいたしましたのは、山陰甚左の一件でござる」

はい、と国包は頷いた。

「甚左の行方がわかりました。品川宿より姿をくらまし、鎌倉《かまくら》の佐助《さすけ》ヶ谷《がやつ》というところに隠れ住んでおるそうでござる。高田さまの手の者の手柄です。どうやら、去年の十一月に大石ら赤穂浪人の一行が江戸へ入る途中、箱根神社、鎌倉の鶴岡八幡《つるがおかはちまん》宮《ぐう》に詣《もう》で、川崎宿へと旅程をとっており、甚左は大石らの動向を探るために、鎌倉村まで足をのばしたらしゅうござる」

鎌倉か、と国包は思った。

「おそらく、その折りに知り合ったのでござろう。今は扇ヶ谷《おうぎがやつ》の寿福寺《じゅふくじ》門前に移り住んでおる仏師が、以前、居宅にしていた庵《いおり》を借り受け、そこを仮住まいにして、造像や修理などの職人の真似事をしておるそうでござる」

「ほう、鎌倉仏師の職人の、ですか」

「さよう。甚左め、いつ、どこで修業をしたのやら。確かに、子供のときから手先の器用な、何をやらせてもそつなくこなす気の利いた子でしたが。女房も子もおり、山陰一門の誉れと思われていた分別盛りの男が、何があって道を誤ったのか。女房も子も捨て、武士の忠義も捨てて見知らぬ他国で仏師の真似事とは、まったく、お恥ずかしい次第でござる」

「ひとりで、住んでいるのですね」

「はい。小高い林間にあって、鎌倉村の田畑が見おろせ、由比ヶ浜《ゆいがはま》と相模の海も遠望できる景色のよいところと聞いております。庭先に小さな畑なども作り、仕事の合間に耕しておるそうでござる」

「わかりました。この務めはわたしのなすべき事ですが、山陰どのはいかがなさるおつもりですか」

「むろん、それがしも同道いたします。恥ずかしながら、われらでは甚左に歯がたたず、一戸前どのにご助勢をお頼みいたしたとは申せ、甚左の犯した恥辱は山陰一門で雪げと、わが殿さまのご命令でござる。最後は、それがしが甚左の息の根をとめねばなりません」

「そうですか。山陰甚左の顔は知りませんから、山陰どのに同道していただければ都合がいい。ただし……」

言いかけた国包に、山陰が言葉をかぶせた。

「一戸前どの、手勢は幾人ほど、ともなわれていかれるのですか。先夜も申しました。山陰一門の腕利き三人が、瞬時に倒されました。甚左は、武門を誇る上杉家米沢城下の、屈指の使い手でござる。尋常な相手ではありません。腹をくってかからねば、同じ始末になりかねん。今度は縮尻《しくじ》るわけにはいかぬのです」

「わたしとこの十蔵の、二人です」

「えっ、お二人？　だけでござるのか」

山陰は、戸惑いを隠さなかった。

「手勢をともなって向かうのは、人目につきます。甚左の一件が世間に知れわたることは、上杉家でも望んでおられぬのでは、ありませんか」

「それは、そうだが、ほかにもご家来衆がおられるのではなかったのですか……」

と、落胆を隠しきれぬ眼差しを、国包から十蔵へ向けた。

「いずれにせよ、戦うのはわたしひとりです。十蔵は検分役です。わたしの指図せぬ限り、動くことはありません」

「一戸前どのが、ひとりで？　では、伊地知どのは指図のないときは、どうなさるのでござるか」

「旦那さまを、お見守りいたします」

後ろに控えた十蔵が、短くこたえた。

「勝負はときの運です。わたしが倒されたとき、十蔵にわたしの亡骸を葬ってもらいます。また、山陰どのに危害がおよぶような事態になれば、十蔵が山陰どのをお護《まも》りしますので、ご安心を」

「しかし、それでは……」

山陰は言うのをためらった。そういうことなら、もっと確実な、間違いのない手を講じたのに、という風情が見えた。

「山陰どの、ご不審はもっともです。しかしながら、どのような事柄であれ、誰にも都合よく、誰もが満足できる始末など、あり得ぬのです。山陰一門の体裁を護るために、不都合至極であっても、この一件にたち向かい、始末をつけねばならぬのではありませんか」

山陰は、黙って頷いた。

「念のために申しておきます。伊地知十蔵は、わたしが一戸前家を継ぐ以前のわが生家の郎党でした。子供のころのわたしは、十蔵より剣術の手ほどきを受け、剣術を身につけたのです。十蔵はわが郎党であり、わが剣術の師でもあります。それから、甚左どののように相対するか、その場においては、山陰どのにもわたしの指図に従っていただきます。それはよろしいですね」

「承知、仕《つかまつ》った。お任せいたす」

と、力なくうな垂れた。

「出立はいつと、お考えですか」

「できれば、今すぐにでも出立いたしたいと考えております」

「今すぐに……では、すぐに出立していただき、今宵《こよい》は川崎宿を宿といたしましょう。明日、川崎宿を早朝に出て、加奈川《かながわ》、程ヶ谷《ほどがや》をへて鎌倉まで、道を急ぎ、暗くなる前には終らせたい」

山陰は、ほう、という顔つきを見せた。

「ただ、先月の地震と津波で、相模の宿場はどこも大きな災難を受けたと聞いています。宿がとれるかどうかですが」

「上杉家の手の者の話によれば、どの宿場も惨憺《さんたん》たるあり様ながら、宿はどうにかとれると聞きました。東海道が通れねば東海道を運ばれる物産がとどこおり、江戸はえらい事態になりますので、旅籠はみな復旧を急いだそうでござる」

「ならばよかった。われらは川崎宿へ先に向かい、山陰どのをお待ちいたします。もし、山陰どのが先宿場の問屋《といや》で訊ねれば、どの宿かわかるようにしておきます。

に宿場に入られたら、問屋でわかるようにしておいてください」

「なんと？　一緒にいかれるのではないのですか」

「今日、どうしても寄らねばならぬ用が、一件あります。われらはこのあと、旅支度をして出立し、用を済ませてから川崎宿へ向かいます。十蔵、いいな」

「承知いたしました。それではそれがしは旅の支度にかかります」

「一戸前どの、伊地知どの、何分よろしくお願いいたす。甚左に何があったのか、本人に確かめたいが、今さらそれを問い質しても、手遅れでござる。可哀想だが、これも武門の習い。米沢では、新しく討手を選んでおるでしょう。一門の者は、みな苦しんでおります。一刻も早く国へ戻り、安堵させてやりたい」

山陰は、わだかまりを捨てた枯れた口調で言った。

十蔵が辞宜をして、座を立った。鍛冶場から、千野と清順の稽古打ちの音が聞こえてきた。

七

道が聖坂に差しかかる手前で、西側の高台にのぼる汐見坂のほうへ折れた。

土留めの段々になった坂が、高輪の海を背に三田台町の高台へのぼっていた。遅い昼さがりの日射しが海を輝かせ、沖に船の白帆の浮かぶ景色は、まるで絵に描いたように見えた。

だが、北の空の果てに薄墨色の雲が何層にも重なって、ゆっくりと忍び寄ってくる気配で、冷たい北風が吹き始めていた。

「明日は、この天気は持ちますまいな」

汐見坂の途中、海へふりかえった国包に、十蔵が北の空に重なる薄墨色の雲を見やって言った。

「そうだな。風が出てきた」

国包は菅笠の縁を持ちあげ、空を見あげた。

「降り出すと、雪になるかもしれません」

「去年の吉良邸討ち入りも、雪の夜だった」

二人は菅笠をかぶり、紺や茶の地味な羽織袴に二刀を帯び、手甲《てっこう》、脚絆《きゃはん》、紺足袋に草鞋《わらじ》を履いて、肩に小行李のふり分け荷物を背負っていた。国包は太刀袋のひと振りを、背に結わえている。

六十間ほどをのぼりきった汐見坂の上に、伊皿子七軒町がある。高輪の海が、いっそう開けて眺められた。

十蔵が先にたって、町内の小路を進んだ。小路の先に寺の土塀が見え、その途中から折れ曲がった先に、ひと筋の路地がまた折れていた。

このあたりは高輪の台地で、寺町と呼ばれるほど寺が多い。

路地の曲がり角の木戸で、十蔵が国包へふりかえった。

「ここの奥の店です」

日陰になった路地に古びた二階家が三軒並んでいて、軒の板屋根の上に連子窓《れんじまど》があった。二階家の向かいは寺らしき境内の破れかけた垣根で、深い竹藪が垣根の上から枝をのばし、路地に散った枯れ葉が斑模様になっていた。

小路にも路地にも人の姿はなく、静寂がしこりのように覆っていた。

「こんなところか……」

国包は胸を打たれ、思わず呟いた。

「旦那さま、まいりましょう」

十蔵が促した。国包は黙然と路地へ入った。路地をゆく草鞋の下で、斑模様の枯れ葉が音をたてた。

「ご免……」

十蔵が腰高障子を叩いた。こたえはなかった。静かだが、誰かがいる様子は感じられた。

「ご免。どなたかおられぬか」

もう一度、障子戸を震わせた。ほどなく、

「おう、誰でえ」

と、尖《とが》った声がかえってきた。

「弁蔵さんの店で、ござるな。こちらの同居人の、お由良さんに少々所縁《ゆかり》ある者でござる。用があってお由良さんにお会いいたしたい。戸を開けますぞ」

店の中に人の動く気配がした。

十蔵は、たてつけの合わぬ片引きの腰高障子を鳴らした。

一間ほどの暗い土間に路地の明るみが差し、土間続きのあがり端に、太縞《ふとじま》の着流しの男が片膝立ちになって、路地の十蔵と国包へ咎めるような目を寄こした。

顎《あご》の尖った浅黒い顔つきの、四十前の年ごろの痩せた男だった。薄い眉をひそませ、高い頬骨と額が濡《ぬ》れたように光っていた。

「誰でえ」

弁蔵がまた、怪しんで言った。

「伊地知十蔵と申す。こちらはわが主でござる」

「一戸前国包です」

国包と十蔵は弁蔵へ辞宜をした。

「同居人のお由良さんは、ご在宅か」

十蔵が質すと、弁蔵は薄笑いを浮かべた。

「同居人だと？　ふん、お由良はいるぜ。客なら二階へあがりな。切《きり》で二百文、泊りで二朱だ。女は二人いるからでえじょうぶさ。もうひとりはお満で、だいぶ器量は落ちるが、女に変わりはねえ。値段も変わらねえ。お由良とお満のどっちにするか、それともお由良で順番待ちするか、そっちで決めな」

「弁蔵さん、われらは客ではない。お由良さんに用があるのだ」

「けっ、お由良は二階にいる。由良に会いたきゃ、客になるしかねえぜ。二階へあがるかい。それともやめるかい」

そのとき、煤《すす》けた天井が軋《きし》み、二階に人の動く物音がした。

部屋の片側に二階へあがる梯子《はしご》段《だん》があって、その梯子段をおりてくる女の着物の裾《すそ》からこぼれる足先が見えた。薄桃色の素足が、幾段かおりたところで止まった。

国包と十蔵が見あげ、弁蔵がふりかえった。

由良が腰をかがめ、階段の途中から戸口の国包と十蔵を見おろし、「あっ」と、濃い紅を塗った唇を震わせた。

「お由良どの、先日お会いした一戸前です。川井太助どのの刀をお持ちいたしました」

国包が言った。

片はずしの髪のほつれが、痛々しいほどに痩せた首筋にかかっていた。由良は、少し困ったような顔をした。

「お客さん、どうするんだ。用があるからって、ただであがるわけにはいかねえんだ。商売だからよ」

「よかろう。切で二百文だな。二人で四百文を払う」

「お満もいるかい」

「済まないが、お満さんは遠慮してもらいたい」

国包は言い、懐より財布をとり出した。

由良は、三日前に弓町の鍛冶場にきたときの、縹地《はなだじ》に鹿の子の絞り染めの小袖に博多の単帯《ひとえおび》を締めた、武家の女性を思わせる扮装《ふんそう》ではなかった。赤い細縞の粗末な木綿の着物だった。

ただ、ほつれてはいても片はずしの髪に、赤い笄《こうがい》をつけていた。

由良は連子窓を背に、国包と十蔵に向かい合って端座し、膝に白い手をそろえ、黄ばんだ畳に目を落としていた。

背後の連子窓の破れ障子が閉じられ、格子がぼんやりと障子に映っていた。四畳半の部屋を仕きった枕屏風の片方に、お満という女の汚れた布団が、敷いたまま打ち捨てられてある。

部屋は火の気がなく、寒々としていた。その寒々とした中に、脂粉の香とかすかに饐《す》えた臭いがまじっていた。折り畳んだ布団が一隅に積んであり、布団の傍らに煙草盆があった。

「お茶も出せなくて、ごめんなさい。お茶は八文かかるのです」

「では、三ついただきましょう。二十四文ですね」

「粗末な番茶です。かまいませんか」

「部屋が冷えこんでいます。番茶で十分。温かい茶をいただきながら……」

うな垂れたまま、由良は小さく首をふった。

国包は財布から二十四文をとり出し、由良の前においた。

由良は金をにぎり締め、煙草盆を二人の前において階下へおりていった。

しばしの間があって、盆に三つの碗を載せてあがってくると、番茶のほのかな香りが部屋の冷やかさをなだめた。

「布団にくるまっていれば、寒さはしのげますから」

湯気ののぼる茶碗を国包と十蔵の前におきながら、由良は言った。それから、自分の茶碗をとり静かに喫した。

「でも、美味《おい》しい。こんなところにいる女だと、ご存じだったんですね」

「申しわけない。どうしても気になって、あなたのあとをつけさせました。この者は、わが郎党です」

「伊地知十蔵と申します。それがしがあとをつけました。お許しください」

「いいのです。隠すつもりではありませんでした。けれど、こんなところにいる女と言えば、蔑まれるか哀れまれるかだけですから、面倒だったんです」

「人にはそれぞれ子細があります。蔑みも哀れみもしません」

「そうですか。でも、わたしがそうでしたから。こんなところで働く女は、どういう女なんだろうとか、可哀想だとか、汚いとか、思っていましたから。自分がその身に落ちて、そうではなかったときの自分と、自分で稼いでご飯をいただくかどうかが違うだけで、ほかは何も変わりはしないと知りました」

由良は茶碗を黄ばんだ畳におき、煙草盆に手をのばした。

煙草盆の煙管《きせる》をつまんで刻みをつめ、火をつけた。ねっとりとした赤い唇をすぼめ、煙管の吸口を咥《くわ》えて気持ちよさそうに一服した。煙がのぼり、梁《はり》がむき出しの二階の屋根裏に消えていった。

「一服すると、気が休まるんです。ここで覚えました」

由良は言った。その言葉と仕種に、地獄の暮らしが垣間《かいま》見えた。

国包は太刀袋のひと振りを、由良の膝の前においた。

「この刀をおわたしします。この前、うちでご覧になった川井太助どののひと振りです。どうぞ、お受けとりください。代金はすでにいただきました。それからこれも、一緒にわたすようにと託《ことづか》りました」

国包はつばくろ口の袋を、太刀袋に添えた。

「刀の残金の二両をいただき、残りの二十両と数文が中に入っております。由良どのにおわたしします」

由良は目を瞠り、赤い唇を震わせた。煙草盆に落とした煙管が、からから、と音をたてた。

「川井太助どのに、あ、会われたのですか」

由良の青ざめていた顔色に、苦しげな朱が差した。

「偶然でした。川井太助どのが、吉良邸討ち入りの盟約を結んだ元赤穂浅野家の武士であることがわかったのです。小原富次郎どのをご存じですね」

「こ、小原さまが……」

「浅野家小姓衆だった川井太助どのは、小姓衆上役の小原富次郎どのや、そのほか二名の朋輩らとともに、浅野内匠頭さまの仇討ちの同志に名を連ね、江戸へ下って吉良邸討ち入りの機会をうかがっておられた。しかしながら、去年の十二月十五日未明の吉良邸討ち入りに、四人の名はなかった。四人ともに脱盟し、それぞれの行方は知れなかったのですが、この十蔵が調べ、小原富次郎どのの住まいが見つかりました。十蔵が小原どのと会い、由良どのが川井太助どののお内儀であることをうかがいました。そうであろうと、思ってはいたのですが」

「小原さまは、今どのようにお暮らしなのですか」

「江戸の町家の商人として、静かにお暮らしです。若い妻がおり、生まれて間もない赤ん坊が、家の中で泣いておりました。武士の身分を捨て、町人として生きる覚悟を決めておられました」

と、それは十蔵が言った。

しかし、それだけを言うと、十蔵は口を噤《つぐ》んだ。

「まあ、むごい。小原さまには、離縁なされたお内儀さまとお子さまが、国元におられます」

「武士の忠義のためにおのれを捨て、死ぬと決めて江戸へ下ったのです。それが、人それぞれに、きっかけや子細があり、死にきれなかった。しかしながら、もう一度生きなおそうとして、それまでの自分は、武士の忠義を捨てたとき、すでに死んでいることに気づかされるのです。元の鞘には戻ることはできず、自分が変わらねば生きなおすことはできぬと、気づかされるのです」

「そんな、そんな身勝手な。自分は変われても、変われぬ者もいます」

由良の言葉が、国包の胸を鋭く刺した。熱い感情のたぎりが、そのひと刺しから伝わってきた。ひと息を呑んで、由良は言った。

「川井太助どのに、わが夫に会われたのですね」

「小原どのもご存じではなかったのですが、ある手がかりがあって、川井どのの住まいにいきつきました」

「わが夫は今、どこにいるのですか。夫に会って、確かめねばならぬことがあります。一戸前さま、夫は今、どこでどのように暮らしているのですか。ひとりなのですか。それとも……」

「ひとりで暮らしておられます。由良どのが江戸に下り、川井どのの行方を捜しておられる経緯は伝えました。ただし、由良どのがこの店でどのような暮らしをしておられるのかは、言っておりません。由良どのに住まいを教えてもよいかと訊ねましたが、川井どのは由良どのには会えぬと言われたのです。また逃げねばならぬ。逃げるのには疲れた、自分のことは放っておいてほしいと」

由良は顔をそむけ、唇を血がにじむほど噛み締めた。

それでも国包は続けた。

「川井どのは、浅野内匠頭さま切腹と浅野家おとり潰しが決まったあと、吉良上野介どのの首をあげる盟約には加わらぬだろう、自分はそのようなふる舞いができる者ではない、臆病者なのだと、わかっておられた。次の奉公先や浪人の身となってからの暮らしとか、城下で剣道場を開いて暮らしをたてていくことなども考えたり、なりゆきによっては、武士の身分を捨ててもいいとさえ、本気で考えておられたようです。そのことは、由良どのはご存じでしたか」

由良は膝の上で手が白くなるほどにぎり締め、沈黙をかえしただけだった。

「しかし、川井どのは、朋輩らから吉良上野介を討つことこそが武士の忠義と盟約に加わることを誘われ、断れなかったのです。川井どのは武士の忠義を説かれ、むしろ、進んで盟約に加わるふりをしたそうです。川井どのがこのひと振りを作られたのは、これを差料《さしりょう》として帯び、吉良邸討ち入りに臨まれる存念だったのです。よって、吉良邸討ち入りに怖気づいて武士の忠義を捨てた自分に、この刀を帯びる値打ちはない、刀とこの金を由良どのにわたしてほしいと、託りました」

国包は、由良の様子を見守った。黄ばんだ畳に目を落とした由良は、まるで般若《はんにゃ》の面をつけたように眉をひそませた。

「これを託けるとき、川井どのはこうも言われました。自分のような者は、由良どのの夫に相応しくなかった。自分のことは忘れ、赤穂に戻り、由緒ある川井家一門の息女に相応しい夫を見つけ、末長く暮らしてほしいと」

身を硬くした胸がはずみ、懸命に抑える呼吸が苦しげに乱れていた。

三人の間に、重たい沈黙が流れた。連子窓を閉じた障子の破れ紙が吹きこむ風に打たれ、ぱたぱたと鳴った。

そのとき、由良の瞼《まぶた》が震え、黒いまつ毛の先に白い光の玉が見えた。すると、ひと筋の大粒の涙があふれ、紅潮した頰を伝った。流れる涙は、なだらかな顎の線の先よりしたたり落ち、畳に跳ねた。

途端に、あとからあとから涙が続いて落ちた。

獣が悲しげに吠《ほ》えるようなうめき声が、部屋に低く長く流れた。端座した身体をかしげ、由良はそれを支えるために畳に両手をついた。

不意に、身体の奥底から感情が激しくこみあげたかに見えた。うめき声は嗚咽《おえつ》に変わり、由良は堪《こら》えきれずに畳に俯《うつぶ》せた。そして、両手で太刀袋をつかみ、悲泣した。嗚咽は畳を這い壁を伝い、屋根裏や連子格子の窓や階下へと流れていった。

梯子段を軋ませ、弁蔵がおり口の手摺《てす》りの下から浅黒い顔をのぞかせた。

「お客さん、うちの玉に妙なことをされちゃあ、困りやすぜ。お由良、何されたんでえ。泣かずにちゃんと言え」

弁蔵は、泣き伏す由良から国包と十蔵へと、不機嫌そうに見廻した。

「何もしていない。話をしているだけだ。顔を出すな」

十蔵が弁蔵を睨《にら》んだ。

「ちぇ、わけのわからねえ客だぜ。お客さん方、ひと切なんてあっという間だ。そろそろ刻限ですぜ」

国包は手摺りの下の弁蔵へ顔を向け、

「亭主、不足分の勘定は戻るときに済ます。退《さが》っていてくれ」

と、平静を装って言った。

「なら、いいんだけどよ。まあ、なんかあったら声をかけてくだせえ。お由良、てめえ泣いてちゃ商売にならねえんだぜ。早いとこ、済ましちまえ」

弁蔵は由良に怒声を投げつけ、顔を引っこませた。

ときがすぎ、由良の嗚咽は忍び泣きに変わっていた。とき折り、苦しげにむせぶ様子が、幼い童女が泣いているかのようだった。

国包も十蔵も、沈黙を守り、由良の気持ちが収まるのを待った。

吹きこむ風が、障子の破れ紙をぱたぱたと鳴らしている。

やがて、由良は太刀袋を離し、気だるそうに身体を起こした。

汚れるのもかまわず、着物の袖で涙をぬぐった。白粉《おしろい》や紅がはげて斑になり、赤い細縞の着物の袖に染みついていた。

由良は国包との間の宙へ目を泳がせ、ゆるやかな息を吐いて言った。

「ごめんなさい」

「いえ」

国包はかえした。

八

「太助どのの通っていた新陰流の道場が、わが家の屋敷近くにあって、わたしが習い事にいくときに、道ですれ違ったのが太助どのを思い始めた最初です。初めのころはまだそれほど背は高くなかったけれど、太助どのの背が急にのび始めて、だんだんと大人びた様子になってくると、道で出会っても、わたしはとても恥ずかしくて、目を合わせられなくなっておりました。太助どのと言葉を交わしたことはありません。だいぶたってから、名は矢代《やしろ》太助と言い、家は浅野家に仕える足軽の身分と知りました。新陰流の道場で、若手の中では一番の使い手だとも、同じ習い事をしていた娘同士の間で、太助どのの噂がよく出たのです。でも、わたしはそうなのかと、少しがっかりしたのを覚えています。頭の隅に、足軽の家では身分が違いすぎるという思いが、すでにあったのかもしれません」

由良は話し始めた。

「ときがすぎ、太助どのへの気持ちがだんだん確かになっていても、身分の違いはどうにもならないと、思っていましたから、口にも素ぶりにも出さず、誰にも気づかれなかったのです。矢代太助どのを夫に、と初めて口に出したのは、二十歳のときに父が病で倒れ、小姓衆の役目を退かなければならなくなって、急いで養子婿を迎えるために本家や分家の親類が集まり相談していたときです。それがいいのかどうか、わたし自身、半信半疑でしたし、親類縁者の間では、相手にされないだろうと思っていました。けれど、一旦口に出すと、無理なことと仕舞っていた思いが一度にあふれ、太助どのを夫に迎えるという以外、考えられなくなっていました。思っていたとおり、親類縁者はみな、矢代太助？一体誰だ、足軽の家では無理だ、つり合わぬ、などと相手にされませんでした。わたしは諦めきれず、母を説き、母が病の父に相談して、父が由良の望みなら矢代家に話を持っていくようにと決断して、太助どのとの話が進んだのです」

路地の向かいの寺の境内で、竹藪が風に吹かれて寂しい音をたてた。連子格子にたてた破れ障子から、冷たい風が吹きこんでいた。

由良は、話し始めてようやく落ち着いた様子をとり戻していた。

「婚礼は、三年前の秋でした。わたしは二十歳で、箔《はく》の幸菱《さいわいびし》の白小袖に同じ白の打掛。二十三歳の太助どのは濃縹《こいはなだ》の裃《かみしも》を着けて並び、披露の宴に招かれた客の間からもれるため息が聞こえました。初めて二人だけになったとき、よろしくお願いいたします、と手をついて太助どのに辞宜をすると、太助どのは静かに、よろしくお願いしますとこたえ、わたしたちは初めてじっと互いを見つめ合い、笑みを交わしたのです。太助どののきりりとして、でも優しさのにじむきれ長の目に浮かんだ照れ臭そうな笑みが可愛らしく、わたしは太助どのを選んでよかった、この人なら支えてゆけると、思っておりました。

婚礼が済むとすぐに、太助どのは本家の伯父《おじ》が後見人となって、病気療養中の父の番代わりをし、小姓衆の見習に就きました。ふた月ほどたった冬の初め、父が身《み》罷《まか》り、太助どのは二十三歳の若い身で、就いたばかりの小姓衆のお役目に慣れぬまま、川井家の主になったのです。たぶん、足軽身分の家に生まれ育った太助どのにとって、殿さまのお側近くに仕える小姓衆役は、さぞかし気疲れのする日々だったでしょう。家でも親類づき合いや近所づき合いに主人としてふる舞わねばならず、太助どのはけな気に、生真面目に、それをこなしておりました。

足軽ごときが殿さまの小姓衆になったとか、身分低き血筋の者がどれほどのことができるのか、小姓衆の衣裳《いしょう》は着けても所詮《しょせん》性根は足軽、と周りの陰口は聞こえておりました。そういう声は、太助どのにも聞こえていたと思います。けれど、太助どのは少しもどかしいほどに気の優しいところがあって、妻のわたしに気を遣い、川井家の名に疵をつけぬよう気を遣い、人に後ろ指を差されぬようにいじらしく気を張って毎日を送り、気の休まるときはなかったのかもしれません。

わたしは、よき妻として夫を支えるため、頑張って、胸を張って、あなたならできます、と太助どのを励まし叱咤《しった》しているつもりでおりました。太助どのがいずれは小姓衆の頭役に、あるいは殿さまのもっとお側近くのお側衆とか、お馬廻りの高い役目に就けるよう、上役へのつけ届けや、少しでも望みのある身分の方々の祝い事には、必ず進物を携えご挨拶《あいさつ》にいく気配りを怠らぬように、などと背中を押し、それが太助どのに良かれと勝手に思いこみ、気の重いやっかいなふる舞いを強いていたのです。今思えば、いかに剣術ができ容姿は申し分なく、人柄はよく、能力があり、つけ届けや進物や挨拶などの気配りに抜かりはなくても、血筋や家柄で出世は決まり、妻の望みを叶《かな》えることはできないと、城中の御用部屋に勤める太助どのにはわかっていて、さぞかし心苦しかったでしょう。

でも、若かったわたしは、太助どのの気持ちに気づかなかった。なぜなら、太助どのと夫婦になって、わたしは幸せだったからです。

わたしは、太助どのの子を早く授かりたいと願いました。太助どのはいずれ高いお役目に就き、わたしは子を育て家を守り、そうして川井家はいっそう栄え、などと愚かに思いめぐらせ、ささやかな幸せにひたっておりました。太助どのにそれを無邪気に話して聞かせると、そうだね、と物足りない返答があって、夫はこういう人なのだからわたしが励まして支えてやらねば、としか思わなかったのです。そうだね、と物足らない返答をする太助どのが、内心ではどれほどの冷や汗をかき、つらい気持ちだったか、思いいたらなかったのです」

由良は、煙草盆の煙管をとり、刻みをつめて火をつけた。ゆっくりと、心地よさそうに煙管を二度吹かして、灰吹きに吸殻を落とした。

しかし、由良はまだ、川井太助自身が臆病な自分には無理だとわかっていたにもかかわらず、浅野内匠頭の仇・吉良上野介を討つ同志に、何ゆえ加わったのか、語っていなかった。

川井太助は朋輩に武士の忠義を説かれ、断れなかったと言った。

だが、川井はもっと早く抜けられたのに抜けなかったのだ。

吉良邸討ち入りは、三百余の浅野家の士分の中で、武士の忠義のために吉良上野介を討つとわずか五十名足らずの者が結んだ盟約にすぎなかった。もっと早く抜けていれば、木置場の見える江戸の場末のあの店に川井太助はいなかった。連子格子の破れ障子から風の吹きこむこの地獄宿に、由良はいなかった。

国包にはそれがわかってきた。

国包と十蔵は沈黙を守り、由良がまた話し始めるのを待った。

年が明けて春がきた元禄十四年の三月、江戸城で浅野内匠頭が吉良上野介に刃傷におよぶ松之大廊下の事件が起こり、突然、浅野家に何もかもが音をたててくずれてゆく日々が始まったのだった。

浅野家おとり潰しの裁断がくだされ、四月の赤穂城明けわたしまでの間、城中でも城下でも、騒然とした日々が続いた。

早々に城下を退散すると決めた者がいる一方、殿さまの仇である吉良上野介がしかるべき処分を受けるのでなければ籠城《ろうじょう》すべし、と唱える者がいた。

さらに、江戸詰めの家臣を中心にして、亡君の遺恨をはらすために吉良上野介を討つべし、と言う声も聞こえてきた。

赤穂城での協議の末、筆頭家老の大石内蔵助を中心にして、百名を超える家臣が幕府の裁断の不公平に異議を唱えるために切腹を決意したうえで弟大学《だいがく》をたて、「御奉公を勤めることができるほどの首尾になるよう」と、切腹ではなく浅野家再興を図る道を探る手だてが定められ、盟約が結ばれた。

四月の初め、家臣や奉公人にその年の切米《きりまい》と割賦金がわたされ、赤穂城明けわたしの四月十九日まで、城下の武家屋敷地では慌ただしい立ち退きが行われた。

そんなさ中、立ち退きの支度中の川井家の本家に一門の者が集められ、ある協議が開かれた。

その協議は、浅野家おとり潰しですべての川井家の者が、ただ諄々《じゆんじゆん》と城下を立ち退くのでは、由緒ある武門の川井家の面目が施せぬのではないか、川井家の中にも大石内蔵助を中心にした盟約に加わる者がいてしかるべきではないか、というものだった。

と言うのも、浅野家家臣の間では、大石内蔵助の心中は、浅野家再興がならぬ場合は切腹ではなく、江戸に下り吉良上野介の首をあげ、亡君の恨みをはらす存念であると、まことしやかに語られていた。

のみならず、堀部安兵衛ら江戸詰めの家臣はみな、たとえ浅野家の再興がなったとしても、亡君の仇・吉良上野介討つべし、と強硬な考えで結束している情勢も、頻繁に伝えられていた。

その協議の中で、大石内蔵助を領袖《りようしゆう》にした浅野家の家臣が、亡君の仇討ちをすれば、忠義の武士と称《たた》えられ、仇討ちに加わらなかった者は、不忠者のそしりを受けるだろう、と意見が交わされた。しかしながら、幕府の裁断に異を唱える仇討ちは、幕府の処罰も覚悟しなければならない、という意見もあった。

よって、川井家より幾人か、あるいはひとりを選び、その者が独断で仇討ちに加わる盟約を交わし、川井一門の名をそしられぬようにする、その家の残された者は一門の者で暮らしていけるように守る、と決められた。

では誰にするか、という段になり、亡君の恩顧あるお側近くに仕えていた者、跡継ぎの今いない者、そして何より、仇討ちの場で手柄をたて、川井家の名をあげられる腕のたつ者、と意見が出された。本家の伯父は、

「これは、たとえ浪々の身になったとは言え、川井家の名を世に知らしめる名誉ある役割である。仇討ちをしたからと言って、必ずしも罰せられるとは限らぬ。もしかしたら忠義の武士として、お咎めなしということもあり得る。誰か、川井家のために申し出てくれぬか」

と、一同を見廻した。

誰ひとり、申し出る者はいなかった。

太助はうな垂れていた。由良は、太助の困惑がわかった。伯父の言葉が、親類縁者の思いが、すでに太助を指していることは明らかだった。

川井一門の中で、殿さまのお側に近い役目は由良の家だけだった。父親はすでになく、男子は夫の太助だけだった。婚礼からおよそ十ヵ月、子も授かっていなかった。

「では、わたしが本家の当主として、名指しいたす。よいな」

伯父が言い、みな頷いた。

「太助、わが一門の誉れとなるこの役割、受けてくれるな」

伯父が言った。太助はうな垂れたまま、

「わ、わたくしは、けけ、剣道場を開き、家を守って、ゆくつもりです」

と、今にも消え入りそうな声でようやく言った。

「なんだと？　剣道場だと。馬鹿を言うな。仇討ちの盟約にも加わらぬ臆病者の赤穂浪人の剣道場に、誰が稽古に通うものか。埒《らち》もないことを考えておる。太助、わかるだろう。川井家のためだ。おまえしか相応しい者はおらぬのだ」

親類縁者の目が太助にそそがれ、太助はその重圧に打ちひしがれた。

「わ、わかりました……」

太助は頭《こうべ》を垂れ、力なく言った。

由良はそのとき咽《むせ》び泣いたが、悲しいためだけで泣いたのではなかった。

自分の選んだ夫が、川井家一門の面目を施すため、あの筆頭家老の大石内蔵助さまや御側用人の片岡さま、近松さま、吉田さま、堀部さま、磯貝さま、間瀬さまなどなど、浅野家の錚々《そうそう》たるみなさま方とともに、亡君の仇討ちに向かうことが、このうえもなく誇らしく、自慢に思えたのだ。

太助とともに自分も一緒に江戸へいき、太助と一緒に戦いたいという思いにさえ衝き動かされ、涙を抑えきれなかったのだった。

赤穂城を明けわたし、川井家の多くが赤穂城下の町家へ移り住んだ。

太助は盟約に加わり、頻繁に開かれる会合に出るようになったが、由良との暮らしぶりや、気だての優しさなどは、何も変わらなかった。

由良が訊いても、太助は同志との会合のことは何も話さなかった。まるで、仇討ちなどないかのように、坦々《たんたん》とすぎゆくときに身をゆだねていた。

由良は太助の子を授かりたかったが、やはり子はできなかった。

そのうえ、お城勤めがなくなって、三人いた使用人が小女ひとりになっていたところに、その年の秋ごろから、母親が惚《ぼ》け、徘徊《はいかい》が始まり、その世話に追われるようになっていた。

その年の暮れ、京山科の大石内蔵助の住まいに上方の同志が集まり、大石内蔵助を大将に、吉良上野介を討つ一同の真意が確かめられた。

京より戻った太助が、そのとき初めて、亡君の仇討ちに江戸へ下り、吉良邸に討ち入る神文を大石内蔵助に差し出した経緯を、語って聞かせた。

年が明けた春のいずれかに江戸へ下る、と言った。同じ小姓衆の上役・小原富次郎、朋輩の中村清右衛門、鈴田重八郎も、ともに江戸へ下るとも教えられた。

由良は、それが正式に決まり、胸が締めつけられるほどの寂寥《せきりょう》と、同時にわが夫は選ばれたという譬えようのない晴れがましさを覚えた。

「いよいよでございますね。みなさまの武運を、お祈りいたします」

と、由良はあふれる涙の中で言った。

年が明け、由良は雇っていたひとりの小女にも暇を出した。

母親の病の世話とともに、夫の身の回りのことは、すべて自分の手で行うようにした。そうすることが、武士の忠義のためにおのれを捨てる覚悟を決めた夫に従う妻の役目、という気がしたからだ。

夫とともに生きともに死ぬ、という思いが由良を酔わせた。

出立は、浅野内匠頭の一周忌がすぎ、月の改まった夏の初めだった。出立の朝、太助は言った。

「義母《はは》上の世話をかける。由良を幸せにできなかった。許してくれ。これが今生の別れになる。達者で……」

そのとき、由良の覚悟は決まっていた。

太助どのとは何があっても離れぬ。来世まで添い遂げる。たとえ太助どのが命を落としても、母とともにに自害して太助どのを追い、来世まで添い遂げる。


「太助どの。どこまでもともに」

由良は言った。太助は、一年と十ヵ月余の日々の間に見慣れた童子のような笑みを向け、わずかに頷いた。

由良の覚悟を、どれほど気づいていたのか、それは知らない。来世まで添い遂げる。そう思うと、別れはもうつらくはなかった。

ただ、川井太助の名が世に語り伝えられることだけを願った。

秋になって惚けのひどくなっていた母親が亡くなり、赤穂城下に残った一門の者だけが集まって、ささやかな葬儀を済ませた。葬儀のあと、本家の伯父に、太助から何か知らせがあったか、とこっそり訊かれた。

由良は、いいえ、何も、とこたえた。

「吉良邸では、数百名の屈強な侍たちを雇い入れ、警戒を怠らぬらしい。上杉家からも、多数の家臣が助勢に吉良邸に入っているそうだ。高々数十名の赤穂の侍が討ち入ったとて、返り討ちに遭うだけだと噂を聞いた。大石どのは、恐れをなして殿さまの仇討ちをとりやめにしたのかもしれぬ。まあ、それもよいかもな。今さら亡君の仇討ちをしても、幕府のお咎めを受けるだけだろうからな」

伯父は言った。

だが、そんな気はしなかった。それは誰にも変えられず、あと戻りのできない道だった。それは、別の世界の出来事なのだった。赤穂侍は吉良邸に討ち入り、太助はその赤穂侍の中にいる、と由良は思った。

去年の暮れの十二月十五日に吉良邸討ち入りがあって、赤穂城下に伝わったのは二十日すぎだった。赤穂は永井《ながい》家三万三千石の城下になっていたが、赤穂浪人四十七人が吉良邸に討ち入り、吉良上野介の首をあげ、亡君の仇を討った知らせに、城下は大騒ぎになった。

四十七人の赤穂浪人らを《武士の鑑《かがみ》》とたたえぬ者はなかった。

城中の永井家の侍ですら、「見事、本懐をとげたか」「さすがだ」と、わがことのように気を昂《たか》ぶらせ、噂を交わし合った。

続いて、四十七人の赤穂浪人の氏名が次々にわかってきた。

四十七人の赤穂浪人の氏名が明らかになって、由良は身体が震え、立っていられないほどの衝撃を受けた。何が起こったのか、赤穂浪人の討ち入りが信じられず、おぞましい恐怖に襲われた。

四十七人の赤穂浪人の氏名の中に、川井太助の名がなかった。

どうしよう、どうしたらいいの、と由良はひとりでうろたえた。

それから、自分が何かはわからない大きなあやまちを犯したことに気づき、激しい悔恨に打ちのめされた。

数日がたって、本家の伯父に呼びつけられた。本家には、川井家の親類縁者が顔をそろえていた。伯父は由良をなじるように問いつめた。

「あの恥さらしの太助の消息を、存じておるのか」

由良は黙って首を横にふった。

「太助はわれら川井家一門に泥を塗った。身分の低い足軽の血筋だ。わしはあの恥さらしを川井家に迎えるのは、そもそも反対だった。あの男に、武士の忠義がわかるはずがない。武士の何かを知るはずがない。川井家に太助の戻る場所はない。それが川井一門の総意だ。戻ってきたら、太助には断じて腹をきらせる。切腹を許してやる。それが唯一の、あの恥さらしにかけてやれる恩情だ」

よいな、由良……

と、伯父は一喝した。

そのとき、由良は自分が犯した大きなあやまちが何かに気づいた。それは欺瞞《ぎまん》や暴虐、悪意や裏ぎり、愚かさや醜悪、空虚や腐臭であり、それは由良自身のすべてであり、一族の親類縁者のすべてであり、それは自分の夫となった川井太助にはないものだったことに気づいた。

太助どの、わたしはあなたに何をしてしまったのですか。

太助に会って訊かねばならぬ、と由良は思った。

破れ障子が、風に吹かれて鳴った。寺の境内の藪がざわめき、午後のときがゆるやかに流れていた。

親類縁者の誰にも告げずこっそり支度をし、女ひとりの身で赤穂を出立したのは年が明けた一月だった。一月の半ばをすぎた下旬近くに江戸に着き、早一年近くがたとうとしていた。

「一戸前さま……」

やがて由良は、伏せていた目を国包に向けた。

「わたしは、太助どのに訊かねばなりません。それを訊かぬ限りは、赤穂には戻れぬのです。慈悲です。太助どのの住まいをお教えくだされ。何とぞ、愚かな女に憐《あわ》れみを、たったひとつの憐れみを、お恵みくだされ」

沈黙が続き、由良の繰りかえすかすかな息遣いが聞こえた。

まるで、自分の犯した大きなあやまちを償おうとするかのように、由良は地獄の中を這っていた。

九

川崎宿には、暗くなってから着いた。

山陰久継とともの下男が、国包と十蔵がとった宿に着いたのは、それより半刻後だった。山陰は、明日の天気を気にした。

「夕刻になって曇り、風が出てまいった。北国の米沢では、こういうときは必ず天気がくずれます。雨や雪にならねばよいが」

万が一、雪や雨で行程が遅れ、明るいうちに鎌倉に着くのがむずかしい事態になれば、無理をせず、途中の程ヶ谷で宿をとることにして、明朝、夜明け前の七ッ

（午前四時頃）に出立と決めた。

国包は、早々に布団に入り、山陰甚左と川井太助の、それぞれのふる舞いを考えた。山陰甚左は赤穂浪人の討ち入りの夜、主を捨てて吉良邸より逃げ出し、川井太助は武士の忠義を捨てて、吉良邸討ち入りの赤穂浪人の中にその姿はなかった。

ひとりは山陰一門の恥さらしであり、ひとりは川井一門の恥さらしになった。

二人は、それぞれ不忠者になった。

国包は吉良邸討ち入りを廻る吉良側と赤穂側の二人の不忠者に、偶然、かかり合ったこの廻り合わせを不思議に感じた。

本所のあの吉良邸を廻って、甚左と太助は互いを知らぬし、それぞれの抱える子細を知らぬ。太助が国包の鍛冶場を訪ねてきたのが、十二月の初め。十二月十五日の吉良邸討ち入りまで、十日と数日。その十日と数日の間に、二人の男にそれぞれ何かがあった。それゆえ……

と、考えたときだった。

ふと、山陰甚左は川井太助を知っていたのだと、気づいた。甚左は主の吉良左兵衛義周により、赤穂浪人の動きや、討ち入りの謀議がまことならばその日がいつかを探る密偵の役目を命じられていた。

甚左は、十一月に大石内蔵助が江戸に入ったことや、江戸に潜伏する赤穂浪人が五十人を超える人数であることを、ほぼつかんでいた。川井太助は、その中のひとりだった。ならば、甚左が太助を知らないはずはなかった。

のみならず、甚左は吉良邸討ち入りが、十二月十四日の夜から十五日の未明にかけて、ともつかんでいた。

甚左は一体それを、いつ、誰から探り出したのだ。

「ああ……」

国包は目を開き、旅籠の暗い天井を見あげて思わず声を発した。

「どうかいたしましたか。旦那さま」

隣りの布団の十蔵が言った。

「済まぬ。起こしてしまったか。考え事をしていて、つい声が出てしまったのだ」

「いえ。それがしも考え事をしておりましたので」

「十蔵は、何を考えていた」

「お由良の身でござる。夫の川井太助と会って、お由良はそれからどうするのだろうと、妙に気になります」

「ふむ。わたしも気になる。十蔵、人の不幸は様々だな」

「まことに、人の不幸は様々でござる」

由良は、片はずしの髪に赤い笄を深々と挿した。

これでいい、と思った。

纈地の鹿の子の絞り染めを裾短に着け、博多の単帯を強く締めた。白の手甲に甲がけ脚絆に白足袋の、江戸へきたときの扮装だった。頭から手拭《てぬぐい》を吹き流しにかぶった。柳の小行李に入れた荷を肩に背負い、草鞋を履き、太助の打刀を抱き締めて、この地獄を出るときがきたのだった。

この店で暮らしたのはわずか十ヵ月だったが、由良が生まれ変わるためにかかった、長いときだったような気がした。

路地を隔てた寺の境内で、冬枯れの木々や竹藪が風に騒いでいた。

部屋の行灯《あんどん》の火が、かすかにゆらめいていた。

由良は、小行李の荷を風呂敷《ふろしき》にくるんだ。

そのとき、梯子段が軋みをたてた。

梯子段のほうへふりかえると、弁蔵がおり口の手摺りの下に、由良の様子を探るように浅黒い顔をのぞかせた。弁蔵の尖った目と由良の目が合い、弁蔵は口元を引きつらせた。

由良は何も言わず、弁蔵に背中を向けた。小行李を肩にかついだ。

梯子段が軋み、弁蔵が部屋にあがってくる気配がした。弁蔵の目が、後ろから突き刺さってきた。

かまわず、太刀袋をつかんで立ちあがり、弁蔵へ平然と向きなおった。

弁蔵は、低い天井裏の梁に頭をぶつけぬように背中を丸め、黒足袋の足をだらしなく開いて、おり口をふさぐように立っていた。袖を通さずに縞の半纏《はんてん》を肩に引っかけ、片方の手を角帯に差し入れ、一方の手で前褄《まえづま》を無造作にとり、引きつらせた口に小楊枝《こようじ》を咥えていた。

行灯の薄明かりが、弁蔵の骨張った顔に不気味な影を隈どっていた。

束の間、由良は弁蔵と睨み合い、それから先に言った。

「弁蔵さん、お世話になりました。今夜でお暇《いとま》させていただきます」

弁蔵はすぐにはかえさず、鼻を数度鳴らして、せせら笑った。

「お暇させていただきますだと？　お由良、頭がどうかしてんじゃねえか。何を言ってけつかるんだ。わけがわからねえぜ」

弁蔵は、悲鳴のような笑い声を甲走《かんばし》らせたが、目は笑っていなかった。

「てめえ、ここをどこだと思ってるんだ。自分をなんだと思ってけつかる。つまらねえ冗談を言っていやがると、焼を入れることになるぜ」

「弁蔵さん、冗談じゃありません。わたしは、いかなければならないところがあります。これまで稼いだわたしのとり分は、弁蔵さんに差し上げます。あなたには助けられたけれど、あなたも十分稼いだでしょう。それも今夜で終りです。これで、いかせていただきます」

「てめえ、下手に出りゃあ、いい気になりやがって……」

弁蔵がうなり、咥えた小楊枝を吹き飛ばした。

「ははん、昼間きた侍に吹きこまれやがったな。何を吹きこまれやがった。いいかい。てめえに勝手な真似をさせるわけにはいかねえ。ここはな、花のお江戸の地獄だぜ。てめえは、地獄の女郎だ。地獄の女郎に、ほかにいくとこなんて、ねえんだよ。てめえ、ここから出られると、本気で思っていやがるのかい」

「弁蔵さん、どいてください」

無理に通ろうとした由良の喉《のど》に、弁蔵の筋張った手がかかった。

ごつごつした掌が、由良の喉を鷲《わし》づかみに、締めあげた。

由良の頭は仰《の》け反り、肩にかついだ小行李が落ちた。突きのばした腕に、仰《あお》のけになったまま連子格子の窓へ押しつけられた。片はずしの髪がぶつかって窓にたてた障子の桟がくだけ、連子格子が折れそうな音をたてた。

喉の白くやわらかい肌に、弁蔵の指が食いこんだ。

「昼間の貧乏侍にそそのかされて、その気になりやがったのかい。血の廻りの悪い女郎だぜ。いいか。てめえはおれに幾ら借金があると思っていやがる。借金をかえすために、てめえは死ぬまでここで、客をとらなきゃならねえんだよ」

「弁蔵さん、放しなさい。わたしはあなたに借金などない」

由良は鷲づかみにされた喉から、声を絞り出した。

「笑わせやがる。身体を売るしか能のねえ女郎が、武士の女房を気どって、無礼なふる舞いは許しませんよってかい。許さねえなら、どうするんでえ」

弁蔵の指がさらに食いこみ息ができなくなって、由良は歯を食い縛って耐えた。

「放せ」

と、由良はかすれ声を絞り出した。

手にしていた太刀袋を解き、打刀の白木の柄をにぎった。すかさず、弁蔵はその手首をつかんだ。

「ほう、昼間の侍にこの刀をもらったんだな。無礼を働くと、こいつで手打ちにするってかい。笑わせやがる。金になりそうな刀じゃねえか。寄こしな」

弁蔵は由良の喉から手を放し、太刀袋の刀をつかみ奪いとろうとするのを、由良も奪いとられまいとにぎり締めた。

「この売女《ばいた》がっ、放しやがれ」

中背の痩せた身体つきでも、弁蔵の力がはるかに強く、刀をつかみ合って、由良の身体は右へ左へゆさぶられた。刀を抜こうとしたが、柄をにぎった手首を弁蔵につかまれ、抜くことができなかった。

「あはは、抜きてえか。そうはさせねえぜ」

弁蔵は真っ赤な口を開けて喚き、涎《よだれ》を垂らした。それから頭を一旦ふりあげ、由良の顔面へ額を打《う》ちあてた。

思わず悲鳴がこぼれ、由良は両膝を落として顔をそむけた。身体をゆさぶられ、それでも刀からは手を放さなかった。

だが、顔をそむけたそのとき、梯子段のおり口にお満が唖然《あぜん》とした顔をのぞかせているのが見えた。

「お満さん、助けて」

由良は苦しまぎれに言った。

「お満、下にいろ」

と、弁蔵がお満へふりかえった一瞬の隙だった。

咄嗟《とっさ》に、由良は手首をつかんでいる弁蔵の筋張った腕に咬《か》みついた。ひと咬みの肉を一気に食い破るほど、容赦なく歯をたてた。

咬みついた由良の歯が弁蔵の筋張った腕の肉に食いこみ、歯の間から血があふれ出るようににじんだ。

「あ痛、いたたたっ」

弁蔵は叫び、由良の手首を放し、由良の顔面を蹴《け》り飛ばした。

一瞬、由良は気が遠くなり、部屋の隅に叩きつけられていた。

しかし、握った刀の柄は放していなかった。由良のにぎった武蔵国包の二尺余の刀身が、行灯の薄明かりに照らされ、ぬめるような光沢を放っていた。そして、由良の口の中に食い破った肉の塊があった。

弁蔵は苦痛に身体を折り曲げ、血の垂れた片腕をかばうように抱え、片手には白木の鞘をにぎっていた。

「てめえ、ぶち殺す」

全身に怒りをこめた弁蔵が、白木の鞘で打ちかかった。

かろうじて片膝立った由良の顔面へ、浴びせられた。

と、それを薙《な》ぎ払った一刀が、弁蔵の手首から先を打ち落とした。鞘をにぎった弁蔵の手首から先が、連子格子に飛んで跳ねかえった。

弁蔵は瞬時の間、何が起こったかわからぬように、先のない手首を唖然と見つめた。手首から血が噴いていた。

瞬時がすぎてから、弁蔵は悲鳴を発した。

由良は容赦しなかった。口の中の肉片を吐き捨て、

「手打ちにいたす」

と、片膝立ちのまま、悲鳴を発し身体を小刻みに引きつらせている弁蔵の腹へ、突き入れた。刀は深々と弁蔵の腹の真ん中を貫いた。

弁蔵の悲鳴が、きれぎれの喘ぎ声になった。

由良は片膝立ちから身を起こし、さらに一刀を突き入れつつ、弁蔵の力を失った体軀を梯子段のおり口へ押しやった。

「ええい」

と、悲鳴のような気合を発した。

畳がゆれて、弁蔵は、おり口の手摺りに背中を打ちつけた。

その背中から、噴き出した血とともに刀の切先が突き出た。

獣の咆哮《ほうこう》を、弁蔵はあげた。手摺りが弁蔵の重みにしなり、軋みをたてて折れながら、支えきれずに倒れ始めた。

梯子段にいたお満が、「危ない危ない」と、階下へ走りおりた。

それでも弁蔵は、肉を食い破られて血のしたたる片方の手で、由良の肩をつかもうとした。だが、由良の肩に届く前に、手摺りが破片を散らしてくだけ、弁蔵の身体は梯子段を転げ落ちていった。

由良の手に、引き抜いた血まみれの一刀が残された。

弁蔵は梯子段に片足をかけ、首をいびつに傾け仰のけに倒れていた。空ろに見開いた目が、二階のおり口から見おろす由良へ向いていた。

腹の真ん中から、音をたてて血が二度あふれたが、そのうち血はゆっくりと流れ出て、身体の周りに血溜《ちだま》りを作った。

うめき声と吐息がだんだん小さくなり、やがて消えた。

お満が弁蔵の死に顔を恐る恐るのぞきこみ、「死んでるよ」と言った。そして、二階の由良を見あげた。

「やっちゃったね。あっしは知らないよ」

由良は梯子段のおり口に、へたりこんだ。昂ぶりは収まらず、身体が震えた。呼吸を繰りかえすたびに、泣いているような声が出た。

咄嗟に、いかなければ、と気づいた。

身体や顔に散った血を、片隅に重ねた布団でぬぐった。刀の血を拭《ふ》きとり、白木の鞘をにぎったままの弁蔵の手首から先をはずして鞘に納め、太刀袋に仕舞った。

小行李の荷を肩に背負い、血で汚れた梯子段を、足袋を少しでも汚さぬように爪《つま》先《さき》でおりた。

階下では、お満が床下から小さな壺《つぼ》をとり出し、中の銭を慌ててつかみ袖に入れていた。つかむたびに、こぼれる銭が壺の中や畳に鳴った。

「これは、あっしらの稼いだ銭っこなんだ。親方がなんだかんだ言って、ひとり占めしてたけど、本当はあっしらがもらっていい銭っこなんだからね。あ、あんたもとっていいんだよ」

お満は、梯子段の由良を見あげて言った。

由良は何もかえさなかった。階段下の弁蔵の亡骸をまたぎ、土間へおりた。

草鞋をつけていると、お満は両掌に銭をにぎり締め、由良の様子を訝しそうに見つめていた。

草鞋をつけ終えた由良は、手拭を吹き流しにかぶり、お満へふりかえった。

「お満さん、わたしはいくところがあります。お達者で」

「ど、どこへいくのさ」

「たぶん、遠くへ……」

そう言って、吹き流しの手拭の一端を赤い唇に咥えた。

第三章　大川越え

一

相模の東海道の宿場は、江戸から六郷川《ろくごう》を渡って川崎、加奈川、程ヶ谷、戸塚《とつか》、藤沢《ふじさわ》、平塚《ひらつか》、大磯《おおいそ》、小田原《おだわら》、箱根の九宿である。鎌倉へは、程ヶ谷から鎌倉古道の深い山間《やまあい》の林道を抜け、二里余でいける。戸塚を廻る鎌倉道をとれば、途中に村もあるが、道のりは五里余かかった。

宿場と宿場の中間の立場《たてば》で人馬の休息はできるものの、旅人は公私を問わず、宿場以外の宿泊を禁じられていた。

翌日の夜明け前、山陰久継の懸念していたとおり、雪が舞い始めていた。

「空の様子が怪しい。程ヶ谷からではなく、無理をせず戸塚へ出てもうひと宿をとり、鎌倉へは明日、という道程にいたしますか」

国包は山陰の身を気遣った。

「なあに、それがしは雪国生まれの雪国育ち。これしきの雪は、米沢の雪に較べれば雪とは申せません。それがしは米沢の雪を想像しておりました。ここは温暖な相模の国でしたな。一戸前どのの企てのとおり、程ヶ谷から一気に鎌倉へまいりましょう。それがしの身はご懸念なく」

山陰は強がってこたえた。

「では、そのように」

四人は菅笠と桐由紙《とうゆがみ》の紙合羽《かみガッパ》を着け、一番鶏《どり》が鳴いて間もないまだ暗い川崎宿を出立し、東海道をとった。

川崎から加奈川まで二里半。加奈川から程ヶ谷まで一里九丁である。

夜明けとともに、うっすらと雪化粧が施された街道筋と、灰色に曇った空の下に鉛色の海と白波が見えた。

どの宿場も、先月の大地震と津波で倒壊した店は見られたが、復旧はすでに始まっていて、宿場の営みはどうにか保たれていた。

東海道を急いで、程ヶ谷宿には朝の五ツ半（午前九時頃）すぎに着いた。

宿場の茶屋で休息をとり、鎌倉への道を訊《たず》ねた。

「年寄りにこの雪は厳しいかもしれませんが、明るいうちに鎌倉へ着きたいなら、程ヶ谷からの鎌倉古道を抜けた方がいいでしょう」

茶屋の亭主が、山陰と白髪の十蔵に頷《うなず》きかけつつ言った。

四半刻《しはんとき》ほどの休息をとって、再び雪の降る街道へ出た。

程ヶ谷から東海道をはずれ、弘明寺《ぐみょうじ》門前をすぎ、大岡《おおおか》、日野《ひの》、鍛冶ヶ谷《かじがや》、山ノ内《やまうち》の北鎌倉をへて鎌倉村へ入ったのは、昼をすぎた八ツ（午後二時頃）前であった。

幸い、鎌倉村に入ったとき、薄《うっす》らとした雪化粧を残して雪は止んでいた。

ただ、空は晴れず、北の扇ヶ谷のほうから相模の海側へ風が吹き、厳しい寒気に薄雪の覆う村の田畑は凍えていた。

雪と寒気の所為《せい》か、参詣客《さんけい》はいなかったが、四人は鶴岡八幡宮に詣《もう》でた。参詣を済ますと、社前の掛茶屋で休息をとった。国包はひと碗《わん》の酒を頼み、道中の冷えた身体を温めた。

「ここから佐助ヶ谷の甚左の庵《いおり》まで、もう幾らもありません。昨日も申しましたように、甚左と相まみえるときは、必ず、わたしの指図に従っていただきます」

「承知いたしております。一戸前どののお指図に従います。それがしが何をしようとも、所詮《しょせん》、甚左には歯がたたぬのですからな」

山陰は、国包と同じくひと碗の酒を呑《の》みながら言った。

「しかしながら、一戸前どの、これだけはお許し願いたい。甚左のとどめは、縁者であるそれがしにお譲りいただきたい。一門の恥辱は一門の者が雪《そそ》げと、これは殿さまのご命令でござる」

「それはお任せいたします」

「いやはや、長かった。やっと終らせるときが、まいりました。年が明ける前に米沢へ戻れます」

国包は頷き、

「勝負はときの運です。ですが、自ら請け負うた務め。悔いなきように力をつくす所存です」

と言った。山陰は、かすかな戸惑いを浮かべた目を国包に向けた。

佐助ヶ谷の甚左の庵までは、山陰が先に立って案内した。

鶴岡八幡の社前から、一旦《いったん》、縄手を海のほうへとり、途中、西方の低い山並みのほうへ縄手の道を変えた。

縄手の道は、ほどなく扇ヶ谷の南西側の佐助ヶ谷の山道へとつながっていった。

その庵は鶯垣《うぐいすがき》に囲まれた庭があって、裏手の木々が茅葺《かやぶき》屋根より高く枝をのばした瀟洒《しょうしゃ》な風情の建物だった。佐助ヶ谷の低い山の中腹にあり、庭からは、山陰から海側へ開けた田畑や松林の見える砂浜と、相模の海が眺められた。灰色の空に風がうなり、鎌倉村の田野を隔てた東方の山並みが雪をかぶって横たわっている。そして、浜辺から遠く広がる海は鉛色に霞《かす》む風景の中で、音もなく、ただ荒々しく、幾重もの白い波を、たてていた。

山を覆う木々が騒ぎ、薄雪に覆われた道の枯れ葉が湿った音をたてた。

「ここだと思います。庭に大きな柿の木があり、それが目印だと上杉家の密偵が言うております」

鶯垣のそばに、葉をすべて落とした大きな柿の木がそびえ、裸の枝を庭の外の細道にまでのばしていた。

山陰、国包、十蔵、そして山陰の下男の順に、鶯垣に沿う細道を進んだ。勝手口に片引きの腰高障子があり、竹筒の樋《ひ》より落ちる水が、水場にか細い音をたてていた。

柿の木がある鶯垣に沿って細道を折れると、鶯垣に片開きの戸があって、開き戸から庭へ入った先に、表戸らしき腰高障子が閉じられていた。

表戸の向こうに、濡《ぬ》れ縁と腰障子をたてた部屋があった。

濡れ縁は狭い中庭に面し、中庭の一隅に畑が作ってあった。

わずかな雪が畑を白く覆い、その畑の中にかがんだ男の丸い背中が、木戸に近づいた国包たちから見えた。

男は濃い鼠色の着物に色あせた茶のくくり袴《ばかま》を着け、藁草履《わらぞうり》を履いた黒足袋《たび》が、少し土で汚れていた。白髪のまじった総髪を束ね、丸い背中に垂らし、畑にかがんだ様は、まるで隠棲《いんせい》した文人が庭仕事をしているような風情だった。

すると、先頭を進んでいた山陰が突然走り出し、木戸を押し開けて中庭に飛びこんだ。かがんでいた男の背後に駆け寄り、

「甚左、とうとう見つけた。今度は逃がさぬ」

と、いきなり喚《わめ》いた。

男はかがんだまま、ゆっくりと首《こうべ》を廻らせた。そうして、山陰にじっと目を据え、何かを考えているかのように静止した。

山陰は紙合羽を開いて、刀の柄《つか》に手をかけ、抜刀の体勢をとった。

「山陰一門の総意である。おぬしによって受けた山陰一門の恥辱を、われらの手で雪がねばならぬ。甚左、成敗いたす」

「大伯父《おおおじ》、きましたか」

甚左はそう言ってゆっくりと立ち、山陰と向き合った。

腰には脇差《わきざし》も帯びていなかった。だが、その顔つきにはわずかな動揺すら見せていなかった。むしろ、悠然と身がまえていた。

背の高い、屈強な身体つきをした男だった。彫りが深い顔だちに鋭い目つきが、甚左の表情を暗くしていた。三十代の半ばすぎと聞いていた。だが、大伯父と言った山陰とさほど変わらぬほどの歳に見えた。

腹の中に抱える物が、これほど甚左を老けこませたのか。

ただ、赤穂浪人の吉良邸討ち入りの折りに恐れをなして逃げ出したのではないことが、ひと目、甚左を見てわかった。

「甚左、山陰一門に何ゆえ泥を塗った。高々赤穂の素浪人ごときの襲来に恐れをなし、主《あるじ》の左兵衛義周さまをお守りせず、逃げ出すとは、それでもおぬしは武士か。おのが命を捨てて主をお守りするのが、家臣の務めぞ。武士の務めを捨てて、なんの面目があって生き長らえておる。なぜ、腹をきらぬ」

山陰は言った。どうやら山陰は、国包の指図に従うと決めた手はずを忘れているらしい。ならば仕方がなかった。

国包と十蔵が、山陰の左右に並びかけ、三人の後ろに下男が控えた。

甚左は、山陰に並びかけた国包と十蔵を交互に見て、物憂げに数度頷いた。

「大伯父、それにおこたえするのはむずかしい」

と、まるで国包に語りかけるかのように言った。

風が吹き、樹林がざわめいた。

しばしの沈黙が流れたあと、甚左は国包に問うた。

「どなただ？」

かまわず、山陰はなおも言った。

「甚左。おぬしのふる舞いの所為で、妻や子が、父や母が泣いておるのだぞ。一門にどれほどの迷惑をかけたか……」

「山陰どの、あとはお任せを」

国包はいきりたつ山陰を、穏やかに制した。

山陰はわれを忘れていた自分に気づき、「あっ、は、はい」と口を噤《つぐ》んだ。

国包は、甚左へ向きなおった。

「江戸の弓町にて、刀鍛冶《かじ》を営んでおります一戸前国包と申します。山陰甚左どのに遺恨はなけれど、ゆえあってこのたび、山陰久継どのに助太刀をいたすことと相なり、武士の意義をたて、お命を申し受けるため、推参いたしました」

国包は甚左へ、辞宜を静かに投げた。

甚左は国包をしばし見つめた。それからやおら、十蔵へ向き、

「そちらは？」

と訊《き》いた。

「一戸前国包さまの郎党にて、伊地知十蔵と申します」

十蔵は短く、それだけをかえした。

「刀鍛冶の一戸前国包と郎党の伊地知十蔵か……思い出した。武蔵国包どの、ですな。そうか。あなたがそれがしを斬りに、こられたか。そういうことがあるのか。不思議な縁だ」

甚左は、物思わしげに目を遊ばせた。

自分を知っている口ぶりが、国包は意外だった。刀鍛冶の一戸前国包を知っているだけか。不思議な縁とは、何かのかかり合いがあったのか、と国包は考えたが、思いあたることはなかった。

「このとおり、ただ今それがしは無腰です。大伯父、それでも斬りますか」

甚左は国包に言い、それから山陰へ悠然と眼差《まなざ》しを移した。山陰は柄に手をかけ

たまま、身体を震わせた。

「何とぞ、支度を。われらはここで、お待ちいたします」

国包が言った。

「それもよいが、支度をする間、茶を一服、いかがか。この寒空の下を、わざわざ江戸からこられたのだ。しばし温まり、斬り合いはそれからでもよろしかろう。それに、武蔵国包どの、いや、一戸前国包どのに、少し、話しておきたいことがある」

「甚左、未練ぞ。この期におよんで、ときを稼ぐ気か。おぬしは腹をきってしかるべきところを、一門の者を斬り捨てて逃げた。おぬしのふる舞い、断じて許すわけにはいかぬ」

「大伯父、あれは、いたし方なかったのです。いきなり踏みこまれ、襲いかかられた。なんの言いわけもせず、ただ成敗される。それはできなかった。大伯父、これ以上、逃げも隠れもしません。ここへきてまだひと月足らずながら、それがしはここが気に入りました。ここなら、死に場所にしてもよい」

甚左は、山肌の樹林の間ごしに見える鉛色に霞んだ相模の海へ、物憂げな目を投げた。風がうなり、木々がゆれ、ざわめいた。

「ありがたい。茶をいただいて、甚左どのの言いわけをうかがいます。主を捨てて逃げたわけを、不義を働いた子細をうかがいましょう」

国包は言った。

「こちらへ」

と、甚左は濡れ縁のほうへ国包を導いた。

二

由良は、その日の夜明け前、かすかな白みが帯になった東の果ての空を、永代橋から望んだ。暗い空に舞う細かな雪が、風に吹かれて海のほうへ流れていた。

由良は、吹き流しにかぶった手拭《てぬぐい》の片方の端を咥《くわ》え、もう片方の端を指先でしっかりとつかんで、風に飛ばされないようにした。

太刀袋の太助の刀は、胸に抱き締めて携えた。

橋の下には大川が漆黒の水面《みなも》を見せ、音もなく流れていた。

由良は永代橋を渡って大川を越えたとき、とうとうきた、と思った。

永代橋の橋詰の広小路から二つ折れて、永代寺門前町の往来へ出た。

寝静まった町は、深い暗闇に包まれていたものの、白い薄化粧をほどこした雪景色が、ひと筋の往来の彼方《かなた》へ消えていた。

小雪だが、吹きつける風は冷たかった。

一ノ鳥居をくぐって永代寺門前仲町をすぎ、永代寺門前町。そして、富岡八幡の大鳥居の前から門前東町、三十三間堂町をすぎ、雪景色の木置場がぼんやりと見え始めた島田町の路地の曲がり角まできた。

自身番の町役人に咎《とが》められないよう、身をひそめつつ、道を急いだ。手遅れにならないように、とわけもなく気が急《せ》き、神仏に祈った。

幸い、吹きつける風と雪が由良の姿を人目から隠し、ようやくたどり着けた。

由良は足を止め、激しい息に胸をはずませた。自分の吐く白い息がわかった。耐え難い息苦しさと凍りつく寒さに、涙が出た。

長屋の板葺屋根に雪が積もり、路地のどぶ板にも雪の白い筋が見えた。吹きつける風が雪を舞いあげ、長屋の板戸をゆらしていた。

胸をはずませながら、路地に踏み入った。どぶ板を踏み、井戸端の前をすぎ、その店の板戸の前に立った。路地の木戸から五軒目と、一戸前国包に教えられた。

かじかむ拳《こぶし》で、板戸を叩《たた》いた。太助どのはきっといると自分に言い聞かせ、何度も叩き続けた。返事も、人の気配もなかった。

だが、諦《あきら》めることなどできない。叩き続けるしかなかった。お願い、太助どの、と胸の中で呼んだ。

絶望がのしかかり、声を放って泣きくずれそうになったときだった。

「誰だ」

と、板戸ごしに低い声が聞こえた。

「太助どの。わたしです。由良です」

由良は必死に言った。

沈黙がかえってきた。

「開けてください、太助どの。江戸へ出てきて、もうすぐ一年になります。太助どのの行方を、ずっと捜していたのです」

太助どの、太助どの、と由良は声をひそめて呼び続けた。

「ここへきてはいけない。赤穂へ、帰れ」

板戸ごしに、太助が言った。

「夫も子も、父も母もおりません。赤穂のどこへ、帰ればいいのですか。お願い、開けてください。開けてくださらないのなら、ここで死ねと言ってください」

由良は戸を叩いた。

しばしの間があった。風が吹き、吹き流しの手拭を雪と一緒に舞いあげた。

板戸がわずかに引かれ、それから大きく開かれた。

暗い店の土間に影しか見えなかったが、由良の脳裡《のうり》には、背の高い、昔のままの太助の姿が瞬時に甦《よみがえ》っていた。太助が赤穂を出てから、はや一年と九ヵ月がすぎていた。月代《さかやき》がのび、髭《ひげ》が生え、瘦《こ》けた頰、途方に暮れた眼差《まなざ》し、汚れた帷子《かたびら》の胸元から瘦《や》せた胸が、ぼんやりとわかった。

それでも由良は、少しも変わらない、と思った。

「太助どの……」

たちまち涙がこみあげ、頰を伝った。

「お入りなさい」

途方に暮れた目を伏せ、太助は小声で言った。由良は土間に入ると、太助の首筋にすがりついた。太助の瘦せた肩に顔をすり寄せ、

「やっと会えました」

とささやいた。凍りついた身体が、太助の身体の温《ぬく》もりで解け始めた。吹きつける風が、店の中にまで雪を舞わせた。

「なぜ、です。なぜ、きたのです」

「太助どのに、お詫《わ》びにきたのです。わたしは、とりかえしのつかないあやまちを犯してしまいました。太助どのを辱め、疵《きず》つけ、嘲《あざけ》りと絶望の淵《ふち》に貶《おとし》めたのは、わたしだったのですね。太助どのの名が吉良邸討ち入りの方々の中にないと知り、太助どのの行方が知れなくなったとわかり、わたしの犯したあやまちの大きさに気づかされたのです。太助どのの苦渋やご自分を責め苛《さいな》んでいる負い目が、わたしのつらさや苦しさ、恥ずかしさや痛みや悲しみだったと、気づかされたのです」

由良は自分の思いを伝えきれないもどかしさに、いっそう強く、太助の首筋にすがりついた。

「太助どの、わたしを許してください。あなたの許しを乞《こ》うために、江戸へ出てきました。お願いです、太助どの。わたしを許してくれるのかくれないのか、それを訊くために、江戸へ出てきました」

「何を言う。許してほしいのはわたしだ。わたしは、由良に相応《ふさわ》しい夫ではなかった。由良の思うような男には、なれなかった。わたしはただ、おまえと川井一門に恥をかかせるためだけに、おまえと夫婦《めおと》になったようなものだ。頼む。わたしのことなど忘れて、赤穂に戻ってくれ」

「それはできません。赤穂にはもう戻れません。何もかも捨ててきたのです。太助どのに許されずに生きてゆく苦しみより、斬られて犯したあやまちを償う安らぎのほうがいい。赤穂に戻れと言うなら、わたしをここで斬り捨ててください」

「おまえは生きて、新しく生きなおして……」

言いかけたとき、すがりつく由良の首筋と肩に散っている血の跡に気づいた。

「由良、血がついている。怪我をしたのか」

「いいえ。人を斬りました。太助どのに会うために、仕方がなかったのです。人を斬ったことを、悔やんではいません。太助どののこの刀が……」

武蔵国包を包む太刀袋を、由良は手にしっかりとにぎっていた。

「……わたしを守ってくれました。この刀がここへ、導いてくれました」

うっとりと、由良は言った。

太助はもう、由良にかえす言葉がなかった。夜明けの白みが差し始めた路地に風が吹き、細かい雪が店の中に舞いこんだ。

太助は店の板戸を激しく閉じ、由良を抱きかかえした。

路地の曲がり角の軒下に、南町奉行同心の尾崎忠三郎と手先の重吉、挟み箱をかついだ奉行所の中間《ちゅうげん》がいて、川井太助の店を見張っていた。

見知らぬ女が川井の店に入ってほどなく、板戸が音をたてて閉じられたのを見て、尾崎は顔をしかめた。尾崎は、同心の着ける黒塗りの一文字笠ではなく、手拭で怪しげに頬かむりをしていた。

「なんだ、あの女。川井とどういうかかわりなんだ？」

と、独り言を呟《つぶや》いた。

身体を縮めて震えている重吉と中間は、さあ、とそろって首をかしげた。

夜明け前のこの風と雪の中から、いきなり現れた旅姿の女が、川井太助の女房とは思わなかった。川井の女房がいるのは赤穂だろう、と思いこんでいた。

「なんだか、ひどく切羽つまった様子だったな。何があった。何を知らせにきやがったんだ。まさか、あの女が辻斬《つじぎ》りの仲間じゃあるめえ。気がもめるぜ。川井もろとも引っ捕らえて、痛めつけてでも訊き出してやる。女だからって容赦しねえぜ」

それにしても遅い、と尾崎は苛《いら》だちを覚えた。

南町奉行所と北町奉行所の捕り方が、川井太助の店を囲み、踏みこむときが迫っていた。今年の夏から続いている辻斬りは、赤穂浪人の討ち入りの一味から逃げ出した川井太助の仕業に違いない。

南町奉行所は鍛冶橋、北町奉行所は常盤橋にある。早くしろ。この雪の中で見張っているこっちの身を少しは考えろ。

と言いたかった。

そこへ、「旦那《だんな》、親分……」と、重吉の手下の小吉《こきち》が島田町の小路を駆けてきた。

「おう、捕り方は御番所を出たかい」

重吉が手下に、震える声をかけた。

「門番に訊いたら、今、お奉行さまが出役の儀礼を執り行ってるそうで。そいつが済み次第すぐに、ということでやした」

「なんだい、まだかい。すると、南と北が待ち合わせてここまでくるのに、半刻近くかかりそうだな。よし、小吉、おめえはここで捕り方がくるまで見張ってろ。おれは一旦、光右衛門《こうえもん》の店に戻って着替える」

「へい、承知しやした」

小吉が手をすり合わせてこたえた。

光右衛門は、島田町のこの界隈《かいわい》の家主である。尾崎は、町内の自身番では離れすぎているので、家主の光右衛門に隠密《おんみつ》に話をつけ、光右衛門の店で川井の店の見張りの指揮をとっていた。

「旦那、着替えるって、どうするんで」

「おれも捕り方に加わるのさ。川井はおれの手で捕えてえ。おれが一件落着させるのさ。重吉、小吉、おめえらもしっかり働けよ」

「合点だ」

「あっしもやってやりやすぜ」

重吉と小吉は、吹きすさぶ風と雪の中で、震えながらこたえた。

三

濡れ縁からあがった部屋は、濡れ縁側が腰障子で、漆喰《しっくい》の剝《は》げた土壁と吹寄の舞《まい》良戸《らど》に囲まれた六畳間だった。小さな鉄火鉢《かなひばち》があり、炭火が熾《おこ》って部屋を暖め、五徳には鉄瓶《てつびん》がかけられている。

甚左は漆喰の土壁を背にして坐《すわ》り、国包は半間余をおいて甚左と対座した。

国包の後ろの左右に十蔵と山陰が着座し、下男は山陰の後ろに控えた。

その背後に舞良戸があって、向き合った国包と甚左の片側の、濡れ縁を仕きる腰障子は閉じられていた。

静まっては吹きつける風が、腰障子を震わせた。だが、午後もだいぶ廻《まわ》って、灰色の雲は白みを増し、腰障子が明るくなっていた。

それぞれの前に茶碗《ちゃわん》がおかれ、温かそうな湯気をのぼらせた。

支度をするまで、と言ったが、甚左は刀架《かたなかけ》の二刀を左膝《ひざ》わきに寝かせ、脇差をくくり袴の腰に帯びたばかりだった。

国包も、左膝わきに黒鞘《くろざや》の大刀を横たえていた。

咳《しわぶき》ひとつない沈黙の中で、それぞれが茶を喫したあとの吐息がもれた。

「支度は、それでよろしいのですか」

茶碗をおき、国包は訊ねた。

「はい。支度は、この大刀を帯びると整います」

「けっこうです」

「ですが今少し、一戸前どのと茶を楽しみたい。おそらく、それがしか一戸前どのの、最後の茶になるでしょうからな」

甚左は、茶碗をとって一服した。

「大石内蔵助一行が、箱根宿から鎌倉へ寄り、それから川崎宿へ向かったという知らせをつかみ、箱根、それからこの鎌倉、川崎と、大石一行の足どりをたどりました。大石一行の潜伏先を探るためです。どうやら、鎌倉には吉田忠左衛門が大石一行を出迎えたらしく、江戸まで同行したことがわかりました。この鎌倉で大石らの動向を探っていた折り、寿福寺門前の扇ヶ谷仏師と出会ったのです。そのときは、吉良家の侍とは言いませんでした。吉良側の評判は、この鎌倉でも芳しくありませんので。先月、仏師を訪ね、素性を明かして斯《か》く斯《か》く云々《しかじか》で吉良邸を逃げ出し、いき場を失った身と話すと憐《あわ》れみをかけてくれましてね。この庵を好きなだけ使っていいと助けられたのです。仏師は鎌倉彫も手がけており、仕事は幾らでもあるそうです。年が明ければ三十九歳です。先ほど申しましたが、生き長らえたなら、仏師の弟子となって、この鎌倉の地で生を終えたい」

「そんなわけにはいかぬ」

国包の後ろから、山陰が低く冷たい声を投げつけた。甚左は頷き、

「さよう。そんなわけにはいきません」

と、平然と続けた。

「大石内蔵助が江戸へ入ったのは、十一月五日です。大石の潜伏先は、日本橋石町の裏店でした。赤穂浪人がみな名前や身分を変え、江戸市中に散らばって居住していると、十一月には、ほぼつかんでおりました。赤穂浪人を探れば探るほど、吉良

上野介さまのお命を狙っているのは明らかと思われ、義周さまに報告いたした。義周さまは、赤穂浪人が謀議を廻《めぐ》らしていることより、五十人余の数に、たったそれだけかと驚いておられた。無理もありません。われらの吉良邸には、百人を超える士分以上の者を抱え、警固にあたっておりましたからな」

そこで国包は、また茶を一服した甚左に訊いた。

「赤穂浪人の調べの中で、一戸前国包の素性をも調べられたのですね」

甚左はかすかに笑みを浮かべた。

「義周さまが、言われたのです。赤穂浪人が吉良邸に討ち入る謀議を廻らしているなら、赤穂浪人の誰かに近づき、日どりを訊き出せ。そのために金は惜しまぬと。じつは、仰《おっしゃ》るとおり、川井太助には大石が江戸へ入る以前より、目をつけておりました。片岡源五右衛門を中心にした赤穂浪人らとともに、名を杉沢吉左衛門と変えて、南八丁堀湊町の裏店に居住しておりました。物静かで温和《おとな》しく、腹の内を面《おもて》に出すことのない、気の優しすぎる、というより、気の弱いそんな男でした。この男が、吉良さまのお命を狙う同志によく加わったものだと、少々驚いたほどです。目をつけたというのは、川井太助は、今に吉良邸討ち入りの同志から脱落するのではないかと、思っていたからです。一戸前どのは、川井太助をご存じですね。川井太助、すなわち杉沢吉左衛門が、一戸前どのに、吉良邸討ち入りに帯びていく武蔵国包のひと振りの打刀を注文した。ですからそれがしは、川井太助が刀を注文した刀鍛冶の一戸前国包を、一年前からすでに存じあげていた。一戸前国包が、一介の刀工ではないことも……」

甚左の冷やかな言葉に、国包は黙って頷いた。

山陰が意外そうな唖然《あぜん》とした顔つきを、国包の背中へ投げた。

「義周さまのお指図により、それがしは川井太助に近づきになろうと試みました。ほかにも二、三人、目をつけた赤穂浪人はおりましたが、川井太助なら話ができるのではないかと、勘が働いたのです。武士の忠義におのれを捨てると覚悟を決めたひた向きな様子に、心をそそられました。吉良側のわれらにとっては敵ながら、川井のひた向きなふる舞いがいじらしい、そういうところもありました。自分とよく似た、人の臭いがしたのです。しかし、簡単には近づけなかった。申すまでもなく、赤穂浪人はみな、怪しまれぬように用心をしておりましたから。

ただ、川井にはひとつ、つけ入る隙がありました。川井は同志に隠れて、こっそり、深川の賭場《とば》に出入りしていたのです。もっとも、気づいている者はいたでしょうが、なんと言うか、束の間の享楽で、日々休みなく続く緊迫や恐れを忘れようとする気持ちが察せられた。だから、川井のふる舞いに気づかぬふりをした、大目に見ていたのではないでしょうか。それがしは、深川の賭場で、偶然、川井と居合わせたふうに仕組んで、近づいたのですが、それもなかなか上手《うま》くいかなかった。川井は博奕にのめりこみながら、殻に閉じこもったようなところがあって、他人《ひと》を寄せつけないのです。おそらく、あの男は人づき合いが苦手だったのです。そういう男だから、あんなことがあったのです」

甚左は、何かを考えるかのような間をおいた。

「あれは十一月の末でした。討ち入り前月の十一月になって、五十数人いた赤穂浪人の脱盟が続いておりました。大将の大石が江戸に入って、いよいよ、というときが迫ると、急に怖気《おじけ》づく者や損得勘定をする者が現れるのは、いたし方ないことです。それに江戸市中には、赤穂浪人は仇《あだ》討ちを必ずやるだろう、それが武士の忠義だろう、家来が忠義を守らなければ、亡き殿さま浅野内匠頭の御霊が祟《たた》るぞと、目には見えぬ不気味な、何か人知のおよばぬ事態が起こりそうな気配が、たぎっておりました。米沢より江戸に出てきた当初は、吉良上野介さまは浅野内匠頭の御霊に祟られているなどと江戸市中で言い触らされている噂を、馬鹿ばかしい、としか思っておりませんでしたが」

「十一月の末に、川井太助に何があったのですか」

「川井は、辻斬りを働いたのです」

と、甚左は平然と続けた。

「懐の物を狙ってではありません。おそらく、一種の試し斬りと思われます。それがしの場合もそうだが、道場の稽古《けいこ》をどれほど積んでも、実際に戦い人を斬ることは、稽古とは違います。赤穂浪人の中に、不破数右衛門という侍がおりました。堀部安兵衛と不破数右衛門だけが、吉良邸討ち入り以前に人を斬った覚えがあったと言われております。殊に不破は、生来、無頼で狂暴な気性らしく、浅野家の江戸詰めだったころ、何かの不祥事があって国元へ戻されましたが、なおも無頼なふる舞いは収まらず、浅野内匠頭の機嫌を損じ、浅野家を追われ、浪人の身になっていたのです。その不破を大石が吉良邸討ち入りの同志に加えたのは、不破の武士の忠義というより、人を斬った覚えのある腕を買ったためと聞きました。

折りしも、十一月の下旬、中村清右衛門と鈴田重八郎という、同じ小姓衆の朋輩《ほうばい》だった二人が相次いで脱盟し、川井は相当動揺していたようです。二人より前に、小姓衆の上役だった小原富次郎なる者が脱盟しており、川井は仲間からとり残された気がしていたのかもしれません。

不破は、同志の中で仇討ちの腹の定まらない若い侍らに、助言や励ます役目を負っていたらしく、その十一月末の夕刻、同志の相次ぐ脱盟に動揺する川井を誘い出して、愛宕下の茶屋で酒を呑んだのです。暗くなってから不破と川井は茶屋を出て、住まいに戻るのではなく、麻布村のほうへ向かいました。どこへゆくのかと、あとをつけたところ、夜更けには人通りのめったにない麻布村の狸穴坂などと呼ばれている道端に待ち伏せ、なんと、そこへたまたま通りかかった縁《ゆかり》も所縁もない侍を、いきなり斬り捨てたのです。実際は、川井がぐずぐずしているので、不破が後ろから斬りつけ、川井は不破に励まされてようやくひと太刀を浴《お》びせたのですがね。あのとき、道に落ちた侍の提灯《ちょうちん》が燃えて、人を初めて斬って怯えている川井の姿が、ゆらゆらと亡霊のように見えました。驚きました。背筋が寒くなったのを覚えています。今でも、いやなものを見てしまったと、思っています。見なければよかったと。そのとき初めて、亡君の御霊にとり憑《つ》かれている川井を、見たような気がしたのです。辻斬りに遭った侍は気の毒ですが、川井も憐れでね。川井が負った亡君の御霊から解き放ってやりたい、そんな思いにさせられました」

国包は驚きを顔に表さなかった。声にも出さなかった。ただ、深川の木置場が見える裏店にいた川井太助の風貌《ふうぼう》がよぎった。

昨日見た木置場の風景が、遠い昔に見た風景のように思い出された。

「義周さまに、密偵の役を替えてほしいとお願いしようかとも、考えました。一方で、なんとかして、川井に近づきたいという気持ちも捨てきれなかった。川辻斬りを働いた数日あとの去年の十二月のあの日、杉沢吉左衛門と名乗って、川井が一戸前どのの鍛冶場に現れましたな。刀を注文したのがわかり、吉良邸討ち入りに、新しい刀を帯びてゆく覚悟がわかりました。おのれを鼓舞する川井の意気ごみが感じられ、いよいよくるのかと、それがしも気の昂《たか》ぶりを覚えましてね。ですから、武士の最後を飾る刀を注文するほどの一戸前国包とはどんな刀鍛冶だと、思ったのです。もしかしたら、川井になんらかのかかり合いのある刀鍛冶かとも考えられ、調べたのです。偶然、上杉家に一戸前国包の刀を持っている家士がおりましてね。その者が一戸前国包がどういう刀鍛冶か、知っていたのです。

銘は武蔵国包。素性は、藤堂家家臣の藤枝家の部屋住みの身にて、弓町の自由鍛冶一戸前兼貞に弟子入りし、のちに、一戸前家と養子縁組を結び一戸前国包になった。のみならず、藤枝家には国包どののお父上が養子婿として入られたのであり、国包どののお血筋は、徳川将軍のお側衆を代々継がれる名門の旗本友成家ですね。そんな名門の血筋の一戸前どのが、武蔵国包か、とこれは意外でした。

しかし、何よりも驚いたのは、一戸前どのは藤枝国包だった若きころ、神田明神《かんだみようじん》下の神陰流《しんかげりゆう》道場の大泉寿五郎《おおいずみじゆごろう》門下において、天稟《てんぴん》の素質と称《たた》えられ、一戸前どのに敵《かな》う門弟はいなかったそうですな。すでにお亡くなりになった師匠の大泉寿五郎どのですら、一戸前どのが、いずれは藤堂家の武芸指南役に就くであろうと言っておられたとか。それが、十八のとき、なぜか武芸の道を捨て、刀鍛冶の修業を始められた。なぜか……

それがしは、米沢城下の天道流道場において、剣術の修行をいたしました。わが師匠が驚くほどの技量を身につけたと、いささか自負をしております。わが技量が義周さまのお側近くに仕える者として、上杉家より差し遣わされたのです。道場での試合にこれまで後れをとったことはありません。ただ、人を斬ったことはなかった。一戸前どのは、人を斬ったことがありますか」

「はい」

国包がこたえると、「でしょうな」と甚左は素っ気なく言った。

「お聞きおよびでしょうが、先月、大伯父率いる一門の討手に、品川の隠れ家を襲われました。かろうじて逃げおおせ、その折り、初めて人を斬った。人を斬るとはこういうことか、と感じ入りました。先ほど大伯父とともに現れた一戸前どのをお見かけし、神陰流の使い手の一戸前国包がきたか、と内心驚きました。これは、雄藩上杉家と旗本の名門友成家の間で、何事かが交わされたのだと察しました。でなければ、高々上杉家家中の山陰一門の始末に、これほどの男がくるわけがないのです。一戸前どのとそれがしの勝負は、間違いなく、きわどいものになる。そう思われませんか、一戸前どの」

国包はそれにはこたえず、ただ言った。

「甚左どの、続けられよ」

甚左は腰障子へ目をやり、山肌に吹く風や木々のざわめきに耳を澄ますように、しばしの沈黙をおいた。

「長々と、川井太助の話をするのが、ご不審でしょうな。もうすぐ終ります。それがしか、一戸前どのか、どちらかが倒れる前にこの話をしておきたいのです。なぜなら、それがしを川井に近づけたのは、武蔵国包なのです。

川井は、それからも深川の賭場への出入りはやめませんでした。辻斬りを働き、一戸前どのに討ち入りに帯びる刀を注文したにもかかわらず、なおも動揺しているのは明らかでした。それがしは、深川の賭場で、偶然会ったふりを装って川井に声をかけ、さり気なく刀工武蔵国包の名を出したのです。すると、川井は目を輝かせて話に乗ってきたのですよ。その夜、門前町の酒亭に誘い、店仕舞いまで武蔵国包がいかに名工かを言い合い、そのあとも、屋台の蕎麦《そば》屋で熱い蕎麦を肴《さかな》に燗酒《かんざけ》を呑みながら、真夜中まで語り合いました。もしかすると、川井はもう心を病んでいたのかもしれません。川井はそれがしを疑うことを忘れ、江戸にきてこれほどの名工がいるのかと初めて知ったと、言っておりました。その様子は、何かに飢え、あがいている。武蔵国包の名刀にすがっている。そんな感じでした。それがしは、辻斬りの場で亡霊のように佇《たたず》んでいた川井の姿が思い出され、いたたまれない気持ちになったのを覚えております。

十二月の六日に、矢野伊助と瀬尾孫左衛門が同志から姿を消しました。その翌々日の八日、深川の賭場で川井に会ったのです。月代を剃《そ》り髭もあたって、粗末なりに身なりを整えておりましたが、ひどくやつれて見えました。性根が、臆病《おくびょう》な男なのでしょう。討ち入りの日の迫っているのが、その様子に表われておりました。あまりときがないと、思われました。そのときも、武蔵国包の話を持ちかけ、酒亭に誘ったのです。川井は、怪しまずについてきました。杉沢吉左衛門と名乗っておりましたゆえ、その酒亭で、赤穂浪人の川井太助さんですね、と言って、こちらが何者かを明かしました。

川井は青白い顔を真っ赤にして怒りをあらわにし、刀に手をかけました。密偵だったか、斬る、と。それで、それがしは言ったのです。川井さん、斬りますか。先だっての辻斬りのように、とね。途端に、川井の血の気が失《う》せ、叱られた童子のごとくに肩を震わせました。さらにそれがしは、言ったのです。一昨日、二人が抜けて同志はとうとう五十名をきりましたなと。吉良邸では、百人以上の侍が警固にあたっているのです。五十名足らずの赤穂浪人が討ち入っても、ことごとく打ち倒されるでしょう。吉良さまはわれらが護《まも》りとおし、亡君浅野内匠頭の仇《かたき》は討てません。

すると川井は、声を喘《あえ》がせつつ、残った者の結束は固い、かならず浅野内匠頭さまの仇を討つと、懸命に言いかえしたのです。それがしは、武士の忠義を守るのも侍、守らぬのも侍ではないか、忠義を捨てた武士の面汚しと責めても、元浅野家家中の多数は仇討ちなどしない、よって川井さんが負い目を感じる謂《い》われはないのだと、言いました。それから、川井の掌《て》にひとくるみ二十五両の一分銀の切り餅をにぎらせ、討ち入りの期日を知りたい、教えていただければこの金子を差しあげる、これを持って赤穂に帰り、新しく生きなおすのですと。

ふん、川井がその金子を受けとるとは、思っておりませんでした。その日、川井は切り餅を投げ捨てて、逃げるように立ち去りましたからね。元々、無理だろうと思っていたのです。ところが、十二月の十一日になって、毛利小平太という同志が脱盟し、それがきっかけになったと川井は言っておりました。だが、本当にそうかどうかは怪しいものです。

あれは十三日の昼ごろでした。両国《りょうごく》の掛茶屋の男が、吉良邸にいたそれがしに川井の文を届けにきたのです。両国のその茶屋で待っていると、文にありました。むろん、急いで茶屋に向かい、川井に会いましたよ。そこで、討ち入りの日が十二月十四日と決まった、と教えられたのです。吉良邸で十四日に茶会が行われるという知らせを受け、十四日の夜から十五日の未明にかけて討ち入ると決まったのです。十四日とは、明日ではないか。間に合った、とそれがしは思いました。手柄をたてた、と思いました。差し出した金子を、川井はうな垂れて何も言わず受けとりました。酒を少し呑み、これからどうするのかと訊ねると、赤穂へ戻る、と言っておりました。別れるとき、思わず、達者でなと言ってしまいました」

と、突然、山陰が沈黙を破り、怒りを隠さず言った。

「甚左、それを知っていて、何ゆえ左兵衛義周さまにお伝えしなかった。十二月十四日夜と、なぜお知らせしなかったのだ」

「何ゆえですかな、大伯父。それがしにも定かには、わからぬのです。今以《もっ》てそうです。何ゆえか……」

甚左は、気だるげにこたえた。

「ふ、不忠者めがっ」

山陰は無念そうに言った。

「江戸市中では、今に浅野内匠頭の御霊が祟って、赤穂の浪人衆が吉良邸に討ち入るぞと、あちこちで言い触らし、いつだ、まだか、という気配がたぎっておりました。御霊などと馬鹿ばかしい、埒《らち》もないと、自分には言い聞かせておりましたが、そのたぎりの中にどっぷりと浸っているうち、わたしも川井太助と同じように、浅野内匠頭の御霊にとり憑かれていたのですかな。いや、もしかすると、川井太助にとり憑いていた御霊が乗り移り、川井の裏ぎりをそそのかしたそれがしに、今度はおまえが不義を働く番だと、祟られたのですかな。一戸前どのは、どう思われますか。御霊の祟りか、ただの臆病風に吹かれた侍の不義か」

不忠者めが……

と、山陰が呟くように繰りかえしていた。

しばしの沈黙のあと、国包は言った。

「こうするしかなかった、と甚左どのは山陰どのに言われたそうですね。こうするしかなかったとはどういう意味か、うかがいたいと思っておりました。じつは四日前の、山陰どのとお会いした日の昼間、偶然、由良という若い女が、弓町のわが鍛冶場に現れていたのです。由良は川井太助の行方を捜しておりました。わたしは、一年前、ひと振りの打刀の注文を受けた杉沢吉左衛門が、川井太助だとは知りませんでした。それればかりか、川井太助が吉良邸討ち入りの盟約を結んだ同志より脱落し行方知れずになった赤穂浪人であり、由良が、赤穂より江戸へ下ってきた川井太助の妻であることも、そのときは知りませんでした。その夜、山陰どのにお会いいたし、甚左どのを討つ頼みを受けたとき、なんの脈絡もなく、由良のことがわが脳裡にありました。今思えば、あの昼間、由良がわが鍛冶場に現れなかったなら、わたしは甚左どのを討ち果たすこの頼みを受けなかった、と思えてなりません。あの昼間、鍛冶場に偶然現れた由良に導かれて、わたしは今、甚左どのの前にいる。そんな気がしてならないのです」

国包は甚左を見つめ、やおら言った。

「甚左どの、わたしもこうするしかなかったのだと、今わかりました」

風がうなり、山の木々が騒ぎ、閉じた腰障子が細かく震えた。いつの間にかその障子に薄《うっす》らと白い西日が射し、風にゆれる庭の柿の木が映っていた。

「川井太助の妻が？　そうなのか。そうだったのか」

甚左は物思わしげに呟いた。それから刀をつかんだ。そうして、端座の姿勢で、刀を腰に帯びた。

「一戸前どの、川井の妻に導かれ、それがしを討ちにこられたのですな。それならばよい。それがしも存分に戦える。それがしの支度は整いました」

国包は、左わきに刀を寝かせたままである。

後ろに控えた十蔵が刀をつかみ、甚左が気づいて言った。

「伊地知どのも、一緒にお相手いたすぞ」

「ご懸念なく。わが郎党の伊地知十蔵は、検分役です」

「さようか。ならば、一戸前どの、よろしいな」

甚左は言った。

「どうぞ」

国包はこたえ、なおも刀は寝かせたままである。

「ここでか。それとも外でか」

「どちらでも」

「よかろう。刀をとれ」

国包は、変わらずに平然と甚左と向き合い、膝に両手をおいていた。

「わたしはこれで」

「それでよいのか」

国包は頷いた。

甚左は刀の柄に手をかけ、鯉口《こいぐち》をかすかに鳴らした。障子に映る、葉を落とした柿の木の影が、不安そうにゆれていた。両者を息づまる沈黙が包んだ。そのとき、

「甚左、腹をきれ。これ以上、山陰一門の恥をさらすな」

と、山陰が叫んだ。

「大伯父、腹はきらぬ。一戸前、容赦せぬ」

甚左は片膝立ちに抜刀し、最初の一撃が閃光《せんこう》を放ち、うなった。

一刀両断に国包に打ち落とされた刹那《せつな》、二刀の刃鉄《はがね》が激しく咬《か》み合った。

国包は、傍らの大刀ではなく、腰に帯びた脇差を抜き放って、これも片膝立ちになって甚左の一撃を受けとめていた。

甚左の凄《すさ》まじい膂力《りょりょく》が、国包の脇差を圧倒した。

国包は身体を撓《しな》らせたが、咄嗟《とっさ》に甚左の傍らへ廻りこんで圧力を右の側面へいなし、脇差で巻きこむようにして一刀を空虚へ流し、逆に刀身の峰を押さえた。切先

が落ち、畳を咬んだ。

「うむっ」

と、甚左は即座に刀を引いた。

二刀の刃鉄が歯ぎしりをするかのような音を軋《きし》らせ、片膝立ちの身体を仰《の》け反らせ、立ちあがりながら甚左は後退する。

間髪を容《い》れず、国包の脇差の追い打ちが、後退するくくり袴の膝をかすめた。

甚左は飛び退き、閉じた腰障子を突き破った。

障子の破片を散らしながら、一気に濡れ縁を飛びこえ、庭へ転落した。

風が庭の薄く積もった雪を巻きあげ、激しく座敷に吹きこんだ。

甚左は身を立てなおし、座敷の国包へ向き、八相《はっそう》にとった。

国包は脇差を納め、大刀を帯びて濡れ縁に出た。

「そのような小細工、通用すると思うか。こい」

甚左が風の中で叫んだ。

「いざ。まいる」

国包は抜刀し、正眼《せいがん》にかまえ膝を折った。

四

路地に吹きつける風の中に、多数の人の駆ける足音がまじっていた。

足音は、木置場の水路沿いの道のほうからも聞こえ、表戸の板戸の隙間を、幾つもの影が走った。

閉じた板戸がおののくように震え、すきま風が鳴っていた。

「由良っ」

太助は、由良の熱い身体を抱き起こした。

「はい」

由良も不穏な気配を察し、太助を見あげ、片ときも離れぬかのようにすがった。

「人がくる。それも大勢だ。表にも、裏にも……」

「人が？」

由良は、一瞬、目に怯えを走らせた。

太助は濡れ縁側の板戸の隙間から、外をのぞいた。濡れ縁の外の、木置場の水路沿いの道に、捕り方らしき人影が備えを固めていた。

「きたか。いつかくることは、わかっていた。由良、済まぬ。これまでだ。わたしはゆかねばならぬ。おまえはわたしの妻だが、わたしが江戸で何をしたのか知らぬのだから、ありのままに話せばいずれ解き放たれる」

太助は、すがる由良を抱きかえして言った。

「赤穂へ戻れ。諦めず、生きようと念ずれば、生きる道はみつかる。達者で。おまえはわたしにはすぎた妻だった」

「何を言われるのですか、太助どの。わたしも一緒にゆきます。もしもあなたが許されぬ罪を犯したのなら、あなたの罪はわたしの罪です。太助どのとともにその罪をわたしも背負って、どこまでも……」

言いかえした由良の目に、一瞬の怯えは消え、凜々《りんりん》とした決意が漲《みなぎ》った。

太助は戸惑い、そして胸を締めつけられた。

「馬鹿なことを言うな。ゆく先は地獄の一本道ぞ。由良は由良の道をゆけ。これが今生の別れだ」

「夫婦は二世の縁。太助どのが武士の忠義に死ぬ覚悟を決めたとき、赤穂と江戸に離れていても、わたしもともにと決めておりました。たとえ地獄の一本道だとて、わたしも人を斬ってここまできたのです。なんで今さら、離れられましょうか」

由良はいっそう、太助から離れまいとした。

「わからぬのか。女のおまえがゆけるところではない。女は足手まといだ。残されたときは尽きた。いずれ、来世で会おう」

太助は由良を突き放し、二刀を帯びた。紺の帷子をきりりと尻端折《しりはしょ》りにし、壁にかけた破れ菅笠《すげがさ》をとった。

「いやですいやです。どうぞ、わたしを連れていってくだされ。太助どのとゆくと、決めたのです」

由良は、太助の痩せ細った脛《すね》を抱いた。

そのとき、路地のどぶ板が音をたて、一斉に人の動く気配が起こった。

板戸がけたたましく叩かれた。

「赤穂浪人川井太助、お上の詮議《せんぎ》である。戸を開けよ」

男の太い声が、沸きあがった。

太助と由良は、その声に固まった。

だがすぐに、互いを励ますように眼差しを交わした。

「赤穂浪人川井太助、神妙にせよ……」

板戸を叩き続けている。

「放せ、由良」

「いいえ、放しません。ひとりでゆくつもりなら、太助どのの手で、今ここでわたしを先にゆかせてくだされ。わたしが先にいって、太助どのをお待ちいたしましょう」

「ええい、聞き分けのない。それほど地獄が見たいか」

太助はすがりついた由良を、無理やり抱き起こした。

「太助どの、今生の未練など、捨てたのです。わたしはとうに、地獄へ落ちているのです」

由良は、うっとりとした眼差しを太助に向けている。

太助は血走った目を潤ませ、唇を嚙《か》み締めた。

諦めと愛《いと》おしさの中で二人は見つめ合い、束の間がすぎた。

「よかろう、由良。死するに二つの道なしぞ。ゆくか」

「はい」

太助は菅笠を由良にかぶせた。

由良は武蔵国包のひと振りを、しっかりとにぎった。

と、表の板戸に掛矢《かけや》が打ちこまれた。

板戸はたちまち破れ、風に吹き飛ばされるようにはずれた。

「かかれっ」

得物を手にした町方が、雪を巻きあげ、路地から土間へなだれこんだ。

咄嗟に、太助は由良の手をとり、濡れ縁側の板戸を蹴《け》り倒した。

空に風がうなり、粉のような雪が渦を巻いていた。

雪景色の木置場に、灰色の雲が垂れこめていた。

水路沿いの道は、紺の尻端折りに黒の股引《ももひき》に身を固めた捕り方が、隙間なく立ち並び、太助と由良のゆく手をはばんでいた。六尺、突棒《つくぼう》、さす股《また》、袖《そで》がらみなどの物々しい捕物道具が、獣の爪のように乱れかかってくる気配だった。

御用だ、神妙にせよ、御用だ……

捕り方が口々に喚きたてた。

背後の店も前方の道も、捕り方が太助と由良を囲んでいた。捕り方は間を縮め、じりじりと押し寄せてくる。

太助は抜刀し、前後左右を見廻した。

「斬り破る。後れるな」

由良の手をとりひと声を発し、濡れ縁から水路沿いの道へ走り出た。

搦《から》め手を固めた捕り方へ突き進んだ二人へ、六尺や鳶口《とびぐち》や、様々な道具が風に舞って降る雪のように襲いかかった。太助はそれを片手一本の刀で鮮やかに払い、正面から肉薄した町方同心の十手と打ち合った。

町方は太助とぶつかり蹴りかけるが、太助は身体をひねって蹴りをはずし、肩からあたって町方を突き飛ばした。その間にも、六尺、さす股、突棒が間断なく襲いかかり、六尺に額を打たれて血が噴いた。

「太助どのっ」

由良は叫んだが、由良の左右後ろからも捕物道具が容赦なく浴びせられ、鹿の子の絞り染めは早くも袖が千ぎれ、由良の腕には血が垂れた。

捕り方の喚声が四方にうず巻き、前へ前へと進む太助と由良をはばんで、次々と新手が襲いかかってくる。それでも、太助は由良の手を放さなかった。打たれ疵ついても怯まず、薙《な》ぎ払い、打ちかえしつつ、必死に突き進んでいった。

島田町の水路沿いの道を半町ほど抜け、水路に架かる筑後橋を渡れば、深川の木置場である。激しい風と雪の舞うこの朝、木置場で働く職人や人足、材木問屋の手代らの姿はなかった。

人気のない広大な木置場を抜けた先は、深川の海の浅瀬や、蘆《ろ》荻《てき》に覆われた湿地がはるばると広がっている。

先にあてなどなかった。太助はただ、深川の湿原へ、そして海へと目指していただけだった。


太助は次々と押し寄せる捕り方に刀をふり廻し、たじろがせていたが、袖がらみを打ち払った途端、さす股に足をとられた。

よろけたところへ、続いて六尺の痛打を肩に受けた。

太助は堪《こら》えきれなかった。膝からくずれ、道に横転した。

由良と太助の手が離れた。

「太助どの」

「由良っ」

太助を助け起こそうとした由良の袖に、鉤縄《かぎなわ》が絡みついた。太刀袋をつかんだ片腕を後ろに引かれ、由良の細身は竹のように反った。

「今だ。とり押さえよ……」

指揮をとる与力の声がかかり、転がる太助を四方からとり押さえにかかる。

しかし、太助は右へ左へ転がりながらも、寄せつけまいと暴れ廻り、一方、由良は身体が反って引きずられそうになるのを懸命に堪え、太刀袋の武蔵国包を抜き放つと、咄嗟に袖にからんだ鉤縄をつかみ、一刀のもとに切り離した。

女だてらに、と捕り方らの怒声がいっそう大きくなる。

「喰《く》らえ」

突棒が由良の脾腹《ひばら》へ突きこまれた。

由良はよろけていたが、その突棒が見えた。すかさず払いあげ、刀をかえし薙ぎ払った一刀は、突棒を真っ二つにした。

突棒の捕り方は、悲鳴をあげ、尻餅《しりもち》をついて転倒し、かろうじて一刀両断をまぬがれた。

同時に打ちかかった鳶口が、背後から由良の肩を打った。

悲鳴を発しながらもすぐ様反転し、ふり廻した武蔵国包が、捕り方の手元から唐《から》竹割《たけわり》のように鳶口の柄をきり離した。

そのあまりに鮮やかなきれ具合に、捕り方らの間から驚きの声があがった。

由良は周りの捕り方らへ刀を一旦かまえ、即座に声を甲走らせ、太助をとり押さえる捕り方らへ襲いかかった。

太助は転がりながら疲れ、ふり廻す刀の勢いは鈍っていた。そこへ、

「太助どの」

と、由良が狂い廻って、太助をとり押さえにかかる捕り方を怯ませた。

高が女と見くびった捕り方出役の若い当番同心が、「小癪《こしやく》な女が」と、長十手を浴びせた。

それを防ぐ武蔵国包と長十手が打ち合い、激しく打ち鳴った。

途端、黒い刃鉄の長十手の半ばから先が灰色の空へくるくると舞った。

当番同心は、半ばから先の消えた長十手を手にし、啞然とした。

わあっ、と捕り方らは周囲へ散って、ほんの一瞬の隙が生まれた。雪の舞う道の先に木置場の水路に架かる筑後橋が見えた。

由良は疵を負い血だらけの太助を、助け起こした。

太助は由良の肩につかまり起きあがり、一瞬、囲みにできた隙を衝《つ》き、足を引き摺《ず》りつつも、二人は筑後橋へと突き進んだ。

「何をしておる。逃がすな。逃がすな……」

与力が喚きたて、捕り方は喚声をあげ追いかけた。執拗《しつよう》な捕り方を、ふり払い打ち払い逃げる太助と由良を、捕り方の後方から眺めていた尾崎は、

「なんて様《ざま》だ」

と、呆れて呟いた。

「まったくだ。痩せ浪人と女ひとりに、馬鹿に手間どっておりやすぜ」

重吉が皮肉な口調で言った。

「それにしたって、あの二人、ああよろけてちゃあ、あれ以上逃げたって無駄ですぜ。あいつら、それがわからねえんですかね」

重吉の子分の小吉が、不思議そうに首をかしげた。

「無駄だな。無駄だが、それはだな、たぶん……」

尾崎は言いかけて、それから先は言わなかった。重吉と小吉が、たぶんなんですかい、というふうに尾崎へ見かえった。

だが、尾崎はそれから先を言わなかった。

太助と由良は、疲れきりよろけながら、果てしない雪道を逃げまどった。

二人の足跡の周りに、したたる血が花びらを散らしていた。

筑後橋を渡り、雪をかぶった木置場の水路沿いの道を駆け、材木問屋の土蔵や家並みがつらなる往来を右や左へと走り、それでもようやく木置場の東の果てまできたのだった。

木置場の先には、黒ずんだ海の浅瀬と蘆荻に覆われた湿原が、なだらかな起伏を描いて、灰色の空の下にどこまでも広がっていた。

浅瀬と蘆荻の繁る湿原は、江戸の町の塵芥《じんかい》のごみ捨て場だが、今は白い雪化粧に覆われて、人の業を包み隠すように塵《ちり》や芥《あくた》を隠し、浅瀬の水面は吹きつける風にさざ波をたてていた。

雪はほぼ止み、ただ冷たい風だけが灰色の空にうなっていた。

捕り方は二人をとり囲んで、弱り果て、力つきるときを待っていた。

しかし、太助と由良は、ためらうことなく雪の湿原の中へ分け入っていった。

凍りつくような浅瀬に腰まで浸《つ》かり、岸辺にあがり、雪の下になだらかに続く起伏の蘆荻を踏み締め、歩みを止めなかった。

どこへ向かっているのか、二人はもうはっきりと気づいていた。二人は手に手をとって、見知らぬ他国へ旅だつのだ。

この世に残して惜しい物など、何もない。

凍りつく水の冷たさも、肌を刺す風も感じなかった。

木置場を離れてどこまできたかもわからないところで、前方より十手捕物道具を打ち並べた捕り方が迫り、左右からも背後からも、捕り方の包囲が狭まりつつあるのがわかった。

「川井太助、その女、無駄な手向かいはやめよ。これまでだ。神妙に縛につけ」

指揮を執る陣笠の与力が言った。

太助と由良は、歩みを止め、倒れまいとよろける身体を支え合った。

「由良、ここまでよくこられた。おまえのお陰だ。そろそろだ」

太助が、息を喘がせ言った。

「はい。太助どのとわたしの門出に相応しい、静かなよきところです」

由良は、それがわかって気丈にこたえた。

「みじめな一生だったが、せめて最期は侍らしく迎えたい。済まぬが、しばしの暇《いとま》を稼いでくれ。先にいって待っている」

「よろしいですとも。あなたを見届けてから、わたしもすぐにゆきます。あなたは自慢の夫でした。侍らしく存分に……」

由良は太助に微笑みかけ、その目から涙をあふれさせた。

太助は両膝をつき、刀を杖《つえ》にして、頭《こうべ》を垂れた。

由良は太助の傍らに立ち、前方の捕り方へ武蔵国包を正眼にかまえた。

「腹をきる気だ。とどめよ。かかれ」

与力が叫び、「わあ……」と捕り方の喚声があがった。

午後の薄日が、西の空の白い雲を透かして、庵の庭に射していた。

しかし風は止まず、木々がざわめき、木々の間から望む鎌倉村の雪景色の、彼方に広がる相模の海に白波がたっていた。

ただ、この庵にきたときは灰色の雲に覆われ鉛色に霞《かす》んでいた海は、薄日を受けて濃い群青に色を変えつつあった。

国包は正眼にかまえ、甚左は八相を変えていなかった。

そうして対峙《たいじ》してから、いつ解けるとも知れぬ緊迫が漲り、続いていた。

けれどもいずれ、両者の緊迫が極限へ達し、もはや進むか、引き退くしかない一点にまで窮まるときがくる。

そのときが近づいていることは、十蔵にはわかっていた。

十蔵は濡れ縁のそばに佇み、息をこらして国包と甚左の対峙を見守っていた。

山陰とともの下男は、十蔵から離れ、甚左の後ろへ廻りこむように、庭の隅に位置を占めた。羽織を脱ぎ捨て、下げ緒で襷《たすき》をかけていた。

刀の柄に手をかけ、いつでも抜くかまえを見せていた。そして、打ち続く緊迫にじれ、甚左の背後から間をつめていた。

風がうなり、雲が流れ、雲のきれ間から青空がのぞいた。

今少し、まだ早い、と十蔵が思ったときだった。
「一戸前どの、いかがした。ときは今でござる」
山陰が声を甲走らせた。
「山陰どの、お任せを」
国包は悠然と正眼にかまえたまま、静かにこたえた。
そのとき、甚左がまたかすかな冷笑を浮かべた。甚左は八相を正眼に変えた。
十蔵にはそれが、甚左の緊迫の乱れに映った。
すると、国包は正眼を上段へとった。
あっ、と十蔵は声をもらした。
勝負は……
と、十蔵は思った。
先に踏み出したのは、国包だった。
爪先《つまさき》が地面を蹴り、身体が躍動し、大きく一歩を踏みこんだ。
「やあ」
ひと声を投げ、上段よりの打ち落としを、仕かけた。
十蔵には、国包の動きが珍しく荒々しく見えた。

甚左は国包の肉薄を予期していたかに見えた。膝をやわらかく折って身体を沈め、風になびくように、身体をかしがせつつ畳んだ。

国包の打ち落としをかいくぐり、抜き胴に斬り抜ける狙いが見えた。

ただ、甚左のそれは、国包の仕かけに応ずる機よりほんのわずかに早すぎた。緊迫の乱れが、甚左の動きに小さなずれをもたらしていた。

しかし、甚左がそのずれに気づいていないのは明らかだった。

国包は甚左の抜き胴から、半歩を右へ退いた。

国包の仕かけた打ち落としと甚左の応じた抜き胴が、閃光を錯綜《さくそう》させ、刃鉄と刃金が打ち鳴り、佐助ヶ谷の山肌に響きわたり、鎌倉村の田野を走り、彼方の山肌に谺《こだま》し、海へと響きわたった。

それから両者は立ち位置を入れ替え、速やかに反転した。

国包は、打ち落とした一刀を下段に落としたままだった。

甚左は抜き胴に斬り抜けた一刀を、八相に戻していた。

甚左は国包の下段のかまえを、後れと見たのかもしれなかった。それを機と、断じたのかもしれなかった。

十蔵にはそれが、正しい判断なのかそうでないのか、わからなかった。ただ、両者の気合が漲り一瞬の隙もないと見えていた。

甚左は即座に攻勢に移った。

八相からの鋭い袈裟懸《けさがけ》が、国包に襲いかかった。

途端、国包は甚左へ左の肩先をぶつけるかと見えるまで懐深く肉薄し、甚左の左をすり抜けながら、袈裟懸をはずしたのだった。

両者が体を擦《こす》るようにすり抜けたとき、両者の緊迫がくだけ火花を散らした。

両者は再び立ち位置を入れ替えた。

だが、今度は反転しなかった。

甚左は袈裟懸の一刀を下段に落とし、ゆるやかになびかせた。

国包は、後ろ脚から一刀の切先まで、雲間からのぞく青空へ指すひと筋の線のように、身体を静止させていた。

十蔵はそれを知った。そして、
決した……

と、呟いた。

山陰は甚左と国包の様子を見つめ、震えていた。

「甚左」

と、山陰のか細い声が甚左へ呼びかけた。

すると、甚左のさげた切先が、薄く雪の残った地面を咬み、ずっ、と突きこまれた。甚左は倒れかかる身体を、その刀に凭《もた》れ支えた。

青ざめた相貌《そうぼう》を山陰へあげ、穏やかに言った。

「大伯父、とどめを」

山陰は柄をにぎったまま震え、動かなかった。

ときが止まったように、誰も動かなかった。

空には雲が流れ、青空がのぞき、吹き荒れる風に山の木々がざわめき、山の道の枯れ葉が舞い、彼方の海の白波が小さな生き物のように見え、ときは止まることなく、たゆみなくすぎていた。

だが、誰も動かなかった。

終章　御霊城市

元禄十六年の年の暮れ、読売がその年の夏から冬にかけて、本所深川で起こった五件の辻斬《つじぎ》り事件の顚末《てんまつ》を書きたてた。

辻斬りを働いたのは、吉良邸討ち入りの同志を脱盟した元浅野家の侍の赤穂浪人で、赤穂浪人は、同志を裏ぎった負い目に苛《さいな》まれ、自分を責めたあげくに、幕府の侍を斬って、負い目をはらしていた頭のおかしくなった侍と書かれてあった。

しかもその侍には、赤穂から追ってきた女房がいて、女房も亭主と同じく頭がおかしい女《おんな》で、亭主の辻斬りを手助けしていた、と書いた読売もあった。

辻斬りの名は川井太助。女房は由良。

元浅野家の小姓衆の家柄で……

と、どこから訊《き》きだしたのか、素性もずいぶんと詳しく調べられていた。

夫婦は十二月の雪の朝、深川木置場の島田町の隠れ家に潜伏しているところを町方に踏みこまれた。

激しく手向かいしたものの、木置場を逃げまどったあげく、深川のごみ捨て場に追いつめられ、亭主の川井太助は自刃して果て、女房の由良も亭主のあとを追おうとしたところを、捕り方にとり押さえられ、こちらはお縄になった。

由良は小伝馬町《こでんまちょう》の女牢《おんなろう》に収監され、亭主の辻斬りにどれほどかかわったか、年明けにも詮議《せんぎ》が始まるというものであった。

江戸市中では、先月の十一月に大地震があり、その余震が、相模から江戸、江戸の海を囲む安房で続き、これは吉良邸討ち入りを成しとげ、二月に切腹して果てた四十六人の赤穂浪人の御霊の祟《たた》りではないか、という風評が流れ、さらにこのたびの赤穂浪人夫婦の辻斬りも、

「こいつは間違えなく、赤穂浪人の御霊が祟っているんだぜ」

「そうだ、祟りだ祟りだ」

と、まことしやかな噂話があちこちで交わされた。

元禄十七年が明け、弓町の一戸前国包の鍛冶場《かじば》に、新年早々、槌音《つちおと》が響いた。

武蔵国包の一刀を、という注文が続き、新年の休みも満足にとれず、挨拶廻《あいさつまわ》りは

女房の富未と十蔵に任せた。

　どういうわけか、赤穂浪人の御霊の祟りを祓《はら》うために武蔵国包の注文が増えた。数寄屋河岸の《御刀》の備後屋の主人一風は、

「名刀で御霊の祟りを祓うのですよ」

　と、知ったふうに言った。

　だが、伯父《おじ》の友成数之助までが、「ひと振り、拵《こしら》えてもらおうか」と言ってきたのには、ちょっと驚いた。

　七日の七草粥《がゆ》も数日がすぎた庚《かのえ》の日、《焼き入れ》にかかっていた。

　調合した焼き刃土を、前日に荒仕上げまでをへた打刀に《置土》し、それを乾燥させ、さらに火床に入れて赤く熱する。

　これは、刃鉄《はがね》を鍛錬するために沸かすのではない。そのときはすでにすぎ、吹きこまれた命が誕生する最後の仕あげなのである。

　焼き入れの刃鉄は、沸かしすぎてはいけない。ほのかな赤めに色づく、それほどでなければならない。そのとき、

「師匠……」

　と、向こう槌の千野が言った。

「なんだ」

国包は火床の刃鉄から目を離さず言った。

「お役人が……」

千野ともうひとりの向こう槌の清順が、そろって鍛冶場の表戸を両開きにした小路のほうを見ている。

国包がふり向くと、戸口に黒羽織の町方同心と手先が立っていた。

「おう、一戸前国包さん、先だっては」

尾崎が片手をかざし、国包へ呼びかけた。

国包はすぐに火床へ目を戻し、刃鉄の赤めを確かめた。

「よかろう」

火床から赤めに色づいた刃鉄を、がらり、と抜き出した。

すかさず、少し湯を入れて冷たさを加減した水槽に投じた。

瞬時にけたたましく湯気がたちのぼり、命を吹きこまれた刀が、ゆっくりと反りかえっていく。

「おお、これが焼き入れというものかい。凄《すげ》えじゃねえか。どうだい、重吉。おめえ、焼き入れを見たことがあったかい」

「初めて見やした。こうやって刀ができるんですね。ぞくりとしやす」

遠慮もせずに鍛冶場に入ってきた尾崎と手先の重吉が、言い合った。

手先の重吉は、太刀袋に仕舞った刀をひと振り、肩にかついでいる。

国包はそれに気づかぬふりをし、十分に浸した刀を水槽からとり出し、打刀の反りと丁子《ちょうじ》乱れの刃紋を丹念に確かめた。ここで刀身のひずみ、反り、曲がりを整え、《鍛冶押し》の荒研ぎを済ませるまでが、刀鍛冶の仕事なのである。

「ふむ。まずまずだな」

国包は、刀身をぬぐい、何度も見かえしながら、千野と清順に言った。それから尾崎へ向きなおり、

「一段落つけねばなりませんもので、失礼いたしました。たびたびのお役目、ご苦労さまでござる」

と辞宜をした。

「本日はなんぞ御用でござるか。御用ならば、裏の住まいの方にて」

「いや。御用じゃねえんだ。正月の挨拶廻りの戻りさ。挨拶廻りが済んで、今日の仕事は終りだ。一戸前さんにわたしてくれるようにと、あるところから託《ことづか》ったものがあるのさ。それを届けにきただけだ。だからここでいい。このあと、知り合いと

新年の宴を開こうという話があってね。長居をする気はねえ」

尾崎は黒羽織の下の白衣に懐手をし、鍛冶場を見廻し、それから千野と清順へ軽く会釈を投げた。

「さようですか。わたしへわたすように、とでございますか。一体どなた様から何をでございます？」

「一戸前さん、お由良という女を知っているね。知らねえわけがねえな。一戸前さんは言わなかったが、ここへも、亭主の川井太助の行方を追って訪ねてきたんだってな。川井太助も、むろん、知ってるよな。去年の本所深川で起こった、例の辻斬りを働いた赤穂浪人だ。川井太助は、一戸前さんに武蔵国包の一刀を注文した。それがこいつだ。名刀武蔵国包さ」

尾崎は懐から手を出し、重吉のかついでいた太刀袋をつかんで、国包の前に差し出した。

「こいつをあんたにかえしてくれって、託ったのさ」

「は？　わたしにですか」

国包は手を出さなかった。

「まあ、受けとりな。わけは今話すから。長い話じゃねえ。すぐ済むからよ」

「はい」

と、国包は太刀袋を押しいただくように両手で受けとった。

「この刀は、一戸前さんがお由良にわたしたんだろう。隠さなくてもいい。もうみんなお由良から聞いているからさ。川井太助とお由良は、去年の暮れの雪の朝、深川のごみ捨て場で、亭主のほうは自刃。女房はお縄になった。当然、それも一戸前さんの知ってのとおりだろう。川井太助の深川の隠れ家を見つけ出したのは、おれさ。そうそう、深川のその隠れ家に、一戸前さんと連れがこっそり訪ねたところを見かけたことがあるぜ。まあ、それはもういいんだがな、捕り方が川井の隠れ家に踏みこんだとき、おれもそこにいたんだ。川井太助をこの手でふん縛る腹だった。ところが、そこにどういうわけか、女房のお由良がいやがったのさ。どういうわけかは、あとで聞いたがな」

国包は太刀袋をささげ持ち、黙って聞いている。

「そのとき、川井太助はむろんだが、女房のお由良も、その名刀武蔵国包をふりかざして、捕り方に手向かいしやがった。あやうく、捕り方の中に死人が出るところだったぜ。ばさり、ばさりと、武蔵国包のよく斬れること。捕り方は危なくて近づけねえあり様さ。しかし、なんとか、太助とお由良を木置場の先の深川のごみ捨て場に追いつめた。逃げきれねえと観念した太助は、そこで腹をかっさばいて喉《のど》を引き斬って見事に果てた。お由良は太助が死んだのを見届け、てめえもその武蔵国包で喉を突こうとした。そうはさせねえぜと、お由良の腕をつかみ、武蔵国包をお由良の手から奪いとったのも、このおれなのさ。あのときのお由良の、刀をかえせと、狂ったみてえにつかみかかってくるのには往生したぜ。なあ重吉」

「へい。往生しやした」

「で、お由良はお縄になって、小伝馬町の牢屋敷の女牢に入牢《じゅろう》と相なった。辻斬りを働いた本人の太助はもういねえから、お由良の詮議は年明けからと決まっていた。こっちは詮議のための裏づけの調べをやったら、なんとお由良は高輪の地獄宿の売女で暮らしをたて、亭主の太助の行方を捜していやがったのさ。しかもだ、その地獄宿を抜け出すために、地獄宿の弁蔵という破落戸《ごろつき》を打《ぶ》った斬っていたっていうから、驚きじゃねえか。それで、お由良の打ち首も間違いねえところだなと思っていた年の明けた正月、突然、打ち首じゃなくて江戸払いと、詮議もなしに決まったって言うから、驚きどころか、腰が抜けそうになった。むろん、江戸払いたあ、一体どういう了見だとお奉行さまにねじこみはしねえが、わけを調べた。するとな、奉行所は正月休みだから詮議はできねえということらしい。のみならず、妙なところのさるお偉方が、お由良の江戸払いに裏で動いた事情がわかってきた。一戸前さん、どういうお偉方か、あんたわかるかい」

「いえ、一向にわかりませんが」

「わからねえかい。そうだろうな。町家の自由鍛冶の一戸前国包さんに、わかるわけはねえよな」

尾崎は唇をへの字に結び、それから千野と清順へ疑《うたぐ》り深そうな目を投げた。

「上さまのお側衆《そばしゅう》に代々就いてきたお家柄で、そこら辺の大名より家格は上と言われている三河よりのお旗本の友成家が、どういうわけか、あちこち根廻しして、ご老中さまや上さまにまで働きかけ、お由良ごときの江戸払いに尽力したっていうから、妙な話だと思うだろう。ご老中さまのみならず、上さままでご承知なら、町方風情が何を言おうと、どうにもならねえ。おれは、徳川の由緒あるお旗本とお由良にどんなかかり合いがあるのか、あるいは、おとり潰《つぶ》しになった浅野家の小姓衆だった川井家と友成家に、遠い昔になんぞ因縁でもあったのかいと探ってみたが、これもすっきりしねえ」

「尾崎さま、お由良は、今はどのように」

国包は、尾崎を制して訊いた。

「おう、そうだった。肝心の話からそれちまったぜ。三日前に赤穂からお由良の縁者という男が出府して引受人になり、お由良は江戸払いになっちまった。今ごろは赤穂へ戻る東海道の道中だろう。その折りに、お由良の持ち物は全部かえした。その武蔵国包もだ」

尾崎は、国包が押し戴《いただ》いている太刀袋を指した。

「でだ。おれはこの一件の掛《かかり》だったから、江戸払いの見届けに品川宿までお由良をともなっていった。これで、去年の本所深川で続いた辻斬りの一件は、すべて落着と相なったわけさ。すると、品川宿に近い高輪あたりで、お由良がおれの目をじっと見つめて、お役人さま、お願いがございます、と言ったんだ。おれが去年からずっとお由良の訊きとりをやってきたし、一戸前さんの鍛冶場にも訊きこみにいったことを知っているから、お由良はおれに頼みやすかったのかもしれねえな。頼みってえのは、この刀を一戸前さんに戻してほしい、と言うんだ。いいのかい、罪人の亭主でも惚《ほ》れた男の形見だろうって確かめたら、いいのです、とお由良は言うんだ」

尾崎は唇をへの字に結んで、顔をしかめながらも、何かおかしそうに鼻先に小さな笑い声をもらした。

「おれはお由良が、ちょっと可哀想に思えてきてな。そうかい、そうしたいなら、とおれは引き受けた。それで、一戸前さんに何か伝えることはあるのかいって訊いたら、お由良は、小首をかしげてちょっと考えてから言ったんだ。この刀が夫の下に導いてくれました。この刀が自分と亭主の進む道標《みちしるべ》でした。もう道標はいらなくなりました。道標はなくてもひとりでゆけます。だから一戸前さんにおかえししますって、そう伝えてくださいってな。どういうことやらよくわからねえが、この刀のお陰で愛《いと》しい亭主に会えたんだから、確かに道標かもしれねえなと、おれは思った。そういうわけで、一戸前さん、確かにかえしたぜ」

尾崎はそう言って、踵《きびす》をかえし帰りかけた。

が、不意に足を止め、半身になって国包に向きなおった。

「ところで、一戸前さん、刀鍛冶一戸前国包のことを、ちょいと詳しく調べたら、あんた、元は藤堂家に仕えるお侍の家の出なんだってな。藤枝家だ。一戸前家と養子縁組して、一戸前国包になったってな。知らなかったぜ。まあ、あんたの血筋と川井太助の一件は、別にかかり合いはねえんだけどな。ただ、お旗本の友成家がいきなり口を出してきたってえのが、どうも腑《ふ》に落ちなくてな」

それから、短い間をおき、ついでに、というふうに言った。

「考えてみりゃあ、川井太助も哀れな男だったね。あいつは侍なんぞに生まれてこなきゃあ、よかったんだ。侍に生まれてなけりゃあ、きっと、別の生き方もあったろうにな。侍に生まれたばっかりに、殿さまの仇討ちの同志を裏ぎり、心を病んだあげくに辻斬りなんぞを働いて、みじめな短い一生を終えちまった。自分は一体、なんのためにこの世に生まれてきたんだろうと、少しは考えただろうな。あの雪の朝、深川のごみ捨て場で、川井太助はごみみてえに死んだんだ。あの男に相応《ふさわ》しい死に場所だぜ。ただ、川井太助は潔く自分で腹をきったんだ。最期だけは、侍らしく果てた。最期だけは吉良邸に討ち入った四十七士と、同じだったがな。じゃ、邪魔したな」

尾崎は手をひらりとかざして、足早に鍛冶場を出た。

国包は小路に出て、尾崎と手先の重吉を見送った。

それから、火床の傍らの横座に戻り、太刀袋のひと振りをとり出した。白木の柄《つか》が、少し汚れていた。

鯉口《こいぐち》をきり、音もなく抜いた。刀身を目の前にかざすと、艶《つや》やかなぬめるような刀身に、火床の炎が映り、炎はからみついてゆらめき伝った。

しかし、刃先にはいくつもの刃こぼれが見えた。

　ふと、国包は、川井太助がこの刀を腰に帯びて吉良邸に討ち入っていたら、と不可解な、不思議な人の定めを思った。

　川井太助と山陰甚左は、赤穂浪人の討ち入った吉良邸の中で出会い、斬り合っていたのかもしれなかった。刃鉄が鳴り、二人の武士の雄叫《おたけ》びが交錯し、武士の忠義が、激しく雄々しく火花を散らしていたかもしれなかった。

　川井太助がこの刀を腰に帯びて吉良邸に討ち入っていたなら、武士の裏ぎりも不忠もなく、川井太助と山陰甚左の不義はなかった。

　あの雪の朝、この刀をふりかざす由良の姿が脳裡《のうり》をよぎった。東海道をゆく由良の旅姿が、国包の脳裡をよぎった。

　間違いなく、二つの不義はなかった、と国包は呟《つぶや》いた。

本書は書き下ろしです。

不義《ふぎ》

刃鉄《はがね》の人《ひと》

辻堂《つじどう》 魁《かい》

平成28年 12月25日　初版発行
令和6年 9月20日　7版発行

発行者●山下直久

発行●株式会社KADOKAWA
〒102-8177　東京都千代田区富士見2-13-3
電話　0570-002-301（ナビダイヤル）

角川文庫 20109

印刷所●株式会社KADOKAWA
製本所●株式会社KADOKAWA

表紙画●和田三造

ISBN978-4-04-104902-0　C0193

◆◇◇

角川文庫発刊に際して

角川源義

　第二次世界大戦の敗北は、軍事力の敗北であった以上に、私たちの若い文化力の敗退であった。私たちの文化が戦争に対して如何に無力であり、単なるあだ花に過ぎなかったかを、私たちは身を以て体験し痛感した。西洋近代文化の摂取にとって、明治以後八十年の歳月は決して短かすぎたとは言えない。にもかかわらず、近代文化の伝統を確立し、自由な批判と柔軟な良識に富む文化層として自らを形成することに私たちは失敗して来た。そしてこれは、各層への文化の普及滲透を任務とする出版人の責任でもあった。

　一九四五年以来、私たちは再び振出しに戻り、第一歩から踏み出すことを余儀なくされた。これは大きな不幸ではあるが、反面、これまでの混沌・未熟・歪曲の中にあった我が国の文化に秩序と確たる基礎を齎らすためには絶好の機会でもある。角川書店は、このような祖国の文化的危機にあたり、微力をも顧みず再建の礎石たるべき抱負と決意とをもって出発したが、ここに創立以来の念願を果すべく角川文庫を発刊する。これまで刊行されたあらゆる全集叢書文庫類の長所と短所とを検討し、古今東西の不朽の典籍を、良心的編集のもとに、廉価に、そして書架にふさわしい美本として、多くのひとびとに提供しようとする。しかし私たちは徒らに百科全書的な知識のジレッタントを作ることを目的とせず、あくまで祖国の文化に秩序と再建への道を示し、この文庫を角川書店の栄ある事業として、今後永久に継続発展せしめ、学芸と教養との殿堂として大成せんことを期したい。多くの読書子の愛情ある忠言と支持とによって、この希望と抱負とを完遂せしめられんことを願う。

一九四九年五月三日

角川文庫ベストセラー

刃鉄《はがね》の人　辻堂魁

刀鍛冶の国包《くにかね》は、家宝の刀・来国頼に見惚れ、天稟の素質と言われた武芸の道をも捨てて刀鍛冶の修業にのめり込んだ。ある日、本家・友成家のご隠居に呼ばれ、ある父子の成敗を依頼され……書き下ろし時代長編。

散り椿　葉室麟

かつて一刀流道場四天王の一人と謳われた瓜生新兵衛が帰藩。おりしも扇野藩では藩主代替りを巡り側用人と家老の対立が先鋭化。新兵衛の帰郷は藩内の秘密を白日のもとに曝そうとしていた。感涙長編時代小説！

さわらびの譜　葉室麟

扇野藩の重臣、有川家の長女・伊也は藩随一の弓上手・樋口清四郎と渡り合うほどの腕前。競い合ううち清四郎に惹かれてゆくが、妹の初音に清四郎との縁談が。くすぶる藩の派閥争いが彼女らを巻き込む。

江戸出府
喜連川《きつれがわ》の風　稲葉稔

石高はわずか五千石だが、家格は十万石。日本一小さな大名家が治める喜連川藩では、名家ゆえの騒動が次々に巻き起こる。家格と藩を守るため、藩の中間管理職にして唯心一刀流の達人・天野一角が奔走する！

将軍の猫　和久田正明

格式の高い武家の娘ながら自由闊達、「猫」と呼ばれる女隠密・姫子に、老中・松平定信の暗殺を阻止せよとの密命が下る。変わり者のお庭番3人と首謀者を追うが……書き下ろし時代小説、新シリーズ第1弾！